U0045606
魔法科高中的劣等生
32
自我犧牲篇／畢業篇
The irregular at magic high school
佐島 勤
Tsutomu Sato
illustration／石田可奈
Kana Ishida
illustrator assistant／ジミー・ストーン・末永康子

KEYWORDS

術式斬壞

和「術式解體」或「術式解散」同樣歸類為對抗魔法的無系統魔法。是「術式解體」的衍生型，使用想子刀斬斷位於情報次元的魔法式，使得魔法失效。
不必傷害對方就能剝奪其戰力，因此本魔法最適合用來鎮壓魔法師罪犯，也受到警視廳的注目。

雷獸

周公瑾擅長的合成獸攻擊魔法「影獸」改編版本。套上一層雷擊魔法，從令牌召喚身披電光的猛獸。「雷獸」附帶高壓電，雖然猛獸的外型是虛像，表面披附的電流卻真實存在。「雷獸」行經路線的空氣會被離子化，可以打造電流通道。只要搭配雷擊魔法，不必另外使用聚合或誘導魔法就能捕捉目標。

接觸型術式解體

本魔法是以身體表層五十公分為境界，生成完全均質的高密度想子層，打造出能夠反彈空氣中想子的鎧甲。以全身包覆「術式解體」的狀態，反彈空氣中的想子，使得魔法失效。十三束鋼以天生體質使用同種類的魔法，不過達也是以高超技術控制想子實現本魔法。

自我犧牲篇

櫻井水波

曾經是深雪的「守護者」候選人。從光宣身旁回來之後，依照她本人的意願而擔任達也與深雪的侍女。

背負某項缺陷的劣等生哥哥。
一切完美無瑕的優等生妹妹。
這對兄妹就讀魔法科高中之後，

風波不斷的每一天就此揭開序幕——

魔法科高中的劣等生 32

The irregular at magic high school

自我犧牲篇／畢業篇

佐島 勤
Tsutomu Sato
illustration
石田可奈
Kana Ishida

Kadokawa Fantastic Novels

Character
登場角色介紹

吉田幹比古

就讀於三年B班，出自古式魔法名門。
從小就認識艾莉卡。

司波達也

就讀於三年E班。達觀一切。
妹妹深雪的「守護者」。

司波深雪

就讀於三年A班，達也的妹妹。
前年以首席成績入學的優等生。
擅長冷卻魔法。溺愛哥哥。

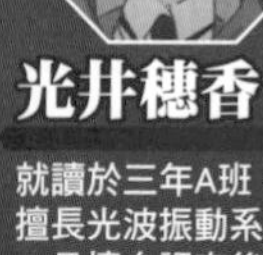

光井穗香

就讀於三年A班，深雪的同班同學。
擅長光波振動系魔法。
一旦擅自認定後就頗為一意孤行。

西城雷歐赫特

就讀於三年F班，達也的朋友。
二科生。擅長硬化魔法。
個性開朗。

北山 雫

就讀於三年A班，深雪的同班同學。
擅長振動與加速系魔法。
情緒起伏鮮少展露於言表。

千葉艾莉卡

就讀於三年F班，達也的朋友。
二科生。
可愛的闖禍大王。

柴田美月

就讀於三年E班，達也的朋友。
罹患靈子放射光過敏症。
有點少根筋的認真少女。

里美 昴

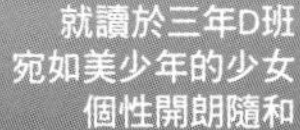

就讀於三年D班。
宛如美少年的少女。
個性開朗隨和。

英美・艾米莉雅・格爾迪・明智

就讀於三年B班，隔代混血兒。
平常被稱為「艾咪」。
名門格爾迪家的子女。

櫻小路紅葉

三年B班，昴與艾咪的朋友。
便服是哥德蘿莉風格。
喜歡主題樂園。

森崎 駿

三年A班，深雪的
同班同學。擅長高速操作CAD。
身為一科生的自尊強烈。

十三束 鋼

就讀於三年E班。別名「Range Zero」（射程距離零）。
「魔法格鬥武術」的高手。

七草真由美

畢業生。現在是魔法大學學生。
擁有令異性著迷的
小惡魔個性，
不擅長應付他人攻勢。

中条 梓

畢業生。曾任學生會會長。
生性膽小，
個性畏首畏尾。

市原鈴音

畢業生。現在是魔法大學學生。
冷靜沉著的智慧型人物。

服部刑部少丞範藏

畢業生。前社團聯盟總長。
雖然優秀，卻有著
過於正經的一面。

渡邊摩利

畢業生。真由美的好友。
各方面傾向好戰。

十文字克人

畢業生。
現在升學至魔法大學。
達也形容為「如同巨巖的人物」。

辰巳鋼太郎

畢業生。曾任風紀委員。
個性豪爽。

關本 勳

畢業生。曾任風紀委員。
論文競賽校內審查第二名。
犯下間諜行為。

澤木 碧

畢業生。曾任風紀委員。
對女性化的名字
耿耿於懷。

桐原武明

畢業生。關東劍術大賽
國中組冠軍。

五十里 啟

畢業生。曾任學生會會計。
魔法理論成績優秀。
千代田花音的未婚夫。

壬生紗耶香

畢業生。劍道大賽
國中女子組全國亞軍。

千代田花音

畢業生。
曾任風紀委員長。
和學姊摩利一樣好戰。

七草香澄

二年級。七草真由美的妹妹。
泉美的雙胞胎姊姊。
個性活潑開朗。

七寶琢磨

二年級。有力的魔法師家系
並且新加入十師族的
「七寶家」的長子。

七草泉美

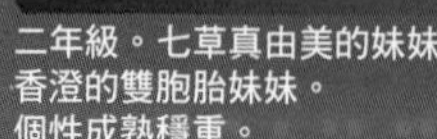

二年級。七草真由美的妹妹。
香澄的雙胞胎妹妹。
個性成熟穩重。

櫻井水波

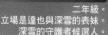

二年級。
立場是達也與深雪的表妹。
深雪的守護者候選人。

隅守賢人

二年級。白種人少年。
父母從USNA歸化日本。

安宿怜美

第一高中保健醫生。
穩重溫柔的笑容
大受男學生歡迎。

平河小春

畢業生。以工程師身分
參加九校戰。
主動放棄參加論文競賽。

廿樂計夫

第一高中教師。
擅長魔法幾何學。
論文競賽的負責人。

平河千秋

三年級。
敵視達也。

珍妮佛・史密斯

歸化日本的白種人。達也的班級
與魔法工學課程的指導教師。

三矢詩奈

第一高中的「新生」。
由於聽覺過於敏銳，
所以總是戴著耳罩。

千倉朝子

畢業生。九校戰新項目
「堅盾對壘」的女子單人賽選手。

矢車侍郎

詩奈的青梅竹馬。
自稱是「護衛」。

五十嵐亞實

畢業生。曾任兩項競賽社社長。

五十嵐鷹輔

三年級。亞實的弟弟。個性有些懦弱。

小野 遙

第一高中的
綜合輔導老師。
生性容易被欺負，
卻有不為人知的另一面。

三七上凱利

畢業生。九校戰「祕碑解碼」
正規賽的男生選手。

九重八雲

擅長古式魔法「忍術」。
達也的體術師父。

國東久美子

畢業生，在九校戰競賽項目
「操舵射擊」和艾咪搭檔的選手。
個性相當平易近人。

一条剛毅

將輝的父親。
十師族一条家現任當家。

一条將輝

第三高中的三年級學生。
「十師族」一条家的
下任當家。

一条美登里

將輝的母親。
個性溫和，
廚藝高明。

吉祥寺真紅郎

第三高中的三年級學生。
以「始源喬治」的
別名眾所皆知。

一条 茜

一条家長女。將輝的妹妹。
國中二年級學生。
心儀真紅郎。

黑羽 貢

司波深夜、
四葉真夜的表弟。
亞夜子、文彌的父親。

一条瑠璃

一条家次女。將輝的妹妹。
我行我素，行事可靠。

黑羽亞夜子

達也與深雪的遠房表妹。
和弟弟文彌是雙胞胎。
第四高中的學生。

北山 潮

雫的父親。企業界的大人物。
商業假名是北方潮。

黑羽文彌

曾是四葉下任當家候選人。
達也與深雪的遠房表弟。
和姊姊亞夜子是雙胞胎。
第四高中的學生。

北山紅音

雫的母親。曾以振動系魔法
聞名的A級魔法師。

吉見

四葉的魔法師，黑羽家的親戚。
超能力者，可讀取人體所殘留的
想子情報體痕跡。極度的祕密主義。

北山 航

雫的弟弟。國中一年級。
非常仰慕姊姊。
目標是成為魔工技師。

鳴瀨晴海

雫的表哥。國立魔法大學附設第四高中的學生。

牛山

FLT的CAD開發第三課主任。
受到達也的信任。

千葉壽和

千葉艾莉卡的大哥。已故。
警察省國家公務員。

恩斯特・羅瑟

首屈一指的CAD製作公司
羅瑟魔工所
日本分公司社長。

千葉修次

千葉艾莉卡的二哥。摩利的男友。
具備千刃流劍術免許皆傳資格。
別名「千葉的麒麟兒」。

九島 烈

被譽為世界最強
魔法師之一的人物。
眾人尊稱為「宗師」。

稻垣

已故。生前是
警察省的巡查部長，
千葉壽和的部下。

九島真言

日本魔法界長老——
九島烈的兒子，
九島家現任當家。

小和村真紀

實力足以在著名電影獎
入圍最佳女主角的女星。
不只是美貌，演技也得到認同。

九島光宣

真言的兒子。雖是國立魔法大
學附設第二高中的二年級學生，
但因為經常生病幾乎沒上學。
和藤林響子是異父同母的姊弟。

琵庫希

魔法科高中擁有的
家事輔助機器人。
正式名稱是3H

（Humanoid Home Helper：
人型家事輔助機械）P94型。

九鬼 鎮

服從九島家的師補十八家之一。
尊稱九島烈為「老師」。

陳祥山

大亞聯軍
特殊作戰部隊隊長。
心狠手辣。

呂剛虎

大亞聯軍特殊作戰部隊的
王牌魔法師。
別名「食人虎」。

周公瑾

安排大亞聯盟的呂與陳
來到橫濱的俊美青年。
在中華街活動的神祕人物。

鈴

森崎拯救的少女。
全名是「孫美鈴」。
香港國際犯罪組織
「無頭龍」的新領袖。

布萊德利・張

逃離大亞聯盟的軍人。
階級是中尉。

丹尼爾・劉

和張一樣是大亞聯盟的逃兵。
也是沖繩祕密破壞行動的主謀。

檜垣喬瑟夫

昔日大亞聯盟親侵略沖繩時，
和達也並肩作戰的魔法師軍人。
別名「遺族血統」的
前沖繩駐留美軍遺孤的子孫。

風間玄信

陸軍101旅
獨立魔裝大隊隊長。
階級為中校。

真田繁留

陸軍101旅
獨立魔裝大隊幹部。
階級為少校。

藤林響子

擔任風間副官的
女性軍官。階級為中尉。

佐伯廣海

國防陸軍101旅旅長。階級為少將。
獨立魔裝大隊隊長風間玄信的長官。
外貌使她別名「銀狐」。

柳 連

陸軍101旅
獨立魔裝大隊幹部。
階級為少校。

山中幸典

陸軍101旅獨立魔裝大隊幹部。
少校軍醫，一級治癒魔法師。

酒井

國防陸軍總司令部軍官，階級為上校。
被視為反大亞聯盟的強硬派。

新發田勝成

曾是四葉家下任當家
候選人之一。防衛省職員。
第五高中校友。
擅長聚合系魔法。

四葉真夜

達也與深雪的姨母。
深夜的雙胞胎妹妹。
四葉家現任當家。

堤 琴鳴

新發田勝成的守護者。
調整體「樂師系列」第二代。
適合使用關於聲音的魔法。

葉山

服侍真夜的
高齡管家。

堤 奏太

新發田勝成的守護者。
調整體「樂師系列」
第二代。琴鳴的弟弟，
和她一樣適合使用
關於聲音的魔法。

司波深夜

達也與深雪的母親。已故。
唯一擅長精神構造干涉魔法的
魔法師。

花菱兵庫

服侍四葉家的
青年管家。
順位第二名之
花菱管家的兒子。

櫻井穗波

深夜的「守護者」。已故。
接受基因操作，強化魔法天分
而成的調整體魔法師
「櫻」系列第一代。

艾莎・錢德拉塞卡

印度波斯聯邦的
海德拉巴大學教授，
戰略級魔法「神焰沉爆」
的發明人。
立志讓魔法師與
非魔法師併存，正在準備設立
國際結社「Magian」。

司波小百合

達也與深雪的繼母。
厭惡兩人。

愛拉・克里希納・夏斯特里

錢德拉塞卡的護衛，
已習得「神焰沉爆」的
非公認戰略級魔法師。

津久葉夕歌

曾是四葉家
下任當家候選人之一。
曾任第一高中學生會副會長。
擅長精神干涉系魔法。

安潔莉娜・庫都・希爾茲

USNA魔法師部隊「STARS」的總隊長。階級是少校。暱稱是莉娜。
也是戰略級魔法師「十三使徒」之一。

瓦吉妮雅・巴藍斯

USNA統合參謀總部情報部內部監察局第一副局長。
階級是上校。來到日本支援莉娜。

希兒薇雅・瑪裘利・法斯特

USNA魔法師部隊「STARS」的行星級魔法師。階級是准尉。
暱稱是希兒薇，姓氏來自軍用代號「第一水星」。
在日本執行作戰時，擔任希利鄔斯少校的輔佐。

班哲明・卡諾普斯

USNA魔法師部隊「STARS」的第二把交椅。
階級是少校。希利鄔斯少校不在時的
代理總隊長。

米卡艾拉・弘格

USNA派到日本的間諜
（正職是國防總署的魔法研究人員）。
暱稱是米亞。

克蕾雅

獵人Q——沒能成為「STARS」的
魔法師部隊「STARDUST」的女兵。
Q意味著追蹤部隊的第17順位。

亞弗列德・佛瑪浩特

USNA魔法師部隊「STARS」的一等星魔法師。
階級是中尉。暱稱是弗列迪。
逃離STARS。

瑞琪兒

獵人R——沒能成為「STARS」的
魔法師部隊「STARDUST」的女兵。
R意味著追蹤部隊的第18順位。

查爾斯・沙立文

USNA魔法師部隊「STARS」的衛星級魔法師。
別名「第二魔星」。
逃離STARS。

神田

民權黨的年輕政治家。
對於國防軍採取批判態度的人權派。
也是反魔法主義者。

雷蒙德・S・克拉克

雫留學的USNA柏克萊某高中同學。
是名動不動就主動
和雫示好的白人少年。
真實身分是「七賢人」之一。

上野

以東京為地盤的
執政黨年輕政治家。
眾所皆知親近魔法師的議員。

近江圓磨

熟悉「反魂術」的魔法研究家，
別名「傀儡師」的古式魔法師。
據說可以使用禁忌的魔法
將屍體化為傀儡。

顧傑

「七賢人」之一。
別名紀德·黑顧，
大漢軍方術士部隊的倖存者。

喬·杜

協助黑顧逃走的神祕男性。能力出色，即使是
要躲避十師族魔法師們追捕的
困難工作也能俐落完成。

詹姆士·傑克森

從澳大利亞來到
日本沖繩的觀光客。
不過他的真實身分是——

卡拉·施米特

德意志聯邦的戰略級魔法師。
在柏林大學設立研究所的教授。

賈絲敏·傑克森

詹姆士的女兒。
雖然年僅十二歲，
卻是非常穩重，
應對進退相當成熟的少女。

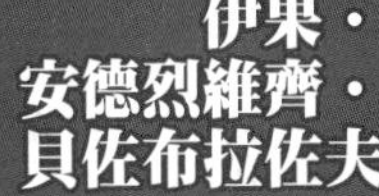

伊果·安德烈維齊·貝佐布拉佐夫

新蘇維埃聯邦的戰略級魔法師。
科學協會魔法研究領域的
第一把交椅。

威廉·馬克羅德

英國的戰略級魔法師。
在國外數間知名大學
擁有教授資格的才子。

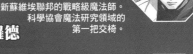

艾德華·克拉克

USNA國家科學局（NSA）所屬的技術學者。
「至高王座」的管理者。

劉麗蕾

繼承大亞聯盟戰略級魔法
「霹靂塔」的少女。
據說是劉雲德的孫女。

米吉爾·迪亞斯

巴西國軍所屬的戰略級魔法師，「十三使徒」之一。
戰略級魔法「同步線性融合」的使用者。
長相廣為人知，但是家族情報受到嚴密保護。

七草弘一

真由美的父親。
七草家當家。
也是超一流的魔法師。

二木舞衣

十師族「二木家」當家。
住在兵庫縣蘆屋。
表面職業是
數間化學工業、
食品工業公司的大股東。
負責監護阪神
與中國地區。

名倉三郎

受僱於七草家的強力魔法師。
已故。主要擔任真由美的貼身護衛。

三矢 元

十師族「三矢家」當家。住在神奈川縣厚木。
表面職業（不太確定是否能這麼形容）
是跨國的小型兵器掮客。
負責運用至今依然在運作的第三研。

五輪勇海

十師族「五輪家」當家。住在愛媛縣宇和島。
表面職業是海運公司的高層，
實質上的老闆。
負責監護四國地區。

六塚溫子

十師族「六塚家」當家。住在宮城縣仙台。
表面職業是地熱發電所挖掘公司的實質老闆。
負責監護東北地區。

八代雷藏

十師族「八代家」當家。住在福岡縣。
表面職業是大學講師以及數間通訊公司的大股東。
負責監護沖繩以外的
九州地區。

十文字和樹

十師族「十文字家」當家。住在東京都。
表面職業是做國防軍生意的
土木建設公司老闆。
和七草家一起負責監護
包含伊豆的關東地區。

東道青波

八雲稱他為「青波高僧閣下」。
如同僧侶般剃髮的老翁，
但真實身分不明。
依照八雲的說法是
四葉家的贊助者。

遠山（十山）司

輔佐十師族的
師補十八家「十山家」的魔法師。
存在目的不是保護國民，
而是保護國家機能。

部分插圖協助／魔法科高中製作委員會

Glossary
用語解說

魔法科高中
國立魔法大學附設高中的通稱，全國總共設立九所學校。
其中的第一至第三高中，每學年招收兩百名學生，
並且分為一科生與二科生。

花冠、雜草
第一高中用來形容一科生與二科生階級差異的隱語。
一科生制服的左胸口繡著以八枚花瓣組成的徽章，
不過二科生制服沒有。

一科生的徽章

CAD
簡化魔法發動程序的裝置，
內部儲存使用魔法所需的程式。
分成特化型與泛用型，外型也是各有不同。

司波達也的CAD

Four Leaves Technology〔FLT〕
國內一家CAD製造公司。
原本該公司製造的魔法工學零件比成品有名，
但在開發「銀式」之後，
搖身一變成為知名的CAD製造公司。

托拉斯・西爾弗
短短一年就讓特化型CAD的軟體技術進步十年，
而為人所稱頌的天才技師。

司波深雪的CAD

Eidos〔個別情報體〕
原為希臘哲學用語。在現代魔法學，個別情報體指的是
「伴隨事物現象而來的情報」，是「事象」曾經存在於
「世界」的記錄，也可以說是「事象」留在「世界」的足跡。
依照現代魔法學的定義，「魔法」就是修改個別情報體，
藉以改寫個別情報體所代表的「事象」的技術。

Idea〔情報體次元〕
原為希臘哲學用語。在現代魔法學，情報體次元指的是「用來記錄個別情報體的平台」。
魔法的原始形態，就是將魔法式輸入這個名為「情報體次元」的平台，
改寫平台裡「個別情報體」的技術。

啟動式
為魔法的設計圖，用來構築魔法的程式。
啟動式的資料檔案，是以壓縮形式儲存在CAD，魔法師輸入想子波展開程式之後，
啟動式會依照資料內容轉換為訊號，並且回傳給魔法師。

想子
位於靈異現象次元的非物質粒子，記錄認知與思考結果的情報元素。
成為現代魔法理論基礎的「個別情報體」，成為現代魔法骨幹的「啟動式」和
「魔法式」技術，都是由想子建構而成。

靈子
位於靈異現象次元的非物質粒子。雖然已經確認其存在，但是形態與功能尚未解析成功。
一般的魔法師，頂多只能「感覺到」活化狀態的靈子。

魔法師
「魔法技能師」的簡稱。能將魔法施展到實用等級的人，統稱為魔法技能師。

魔法式
用來暫時改變伴隨事物現象而來的情報之情報體。由魔法師持有的想子構築而成。

魔法演算領域

構築魔法式的精神領域，也就是魔法資質的主體。該處位於魔法師的潛意識領域，魔法師平常可以意識到魔法演算領域並且使用，卻無法意識到內部的處理過程。對魔法師本人來說，魔法演算領域也堪稱是個黑盒子。

魔法式的輸出程序

❶從CAD接收啟動式，這個步驟稱為「讀取啟動式」。
❷在啟動式加入變數，送入魔法演算領域。
❸依照啟動式與變數構築魔法式。
❹將構築完成的魔法式，傳送到潛意識領域最上層暨意識領域最底層的「基幹」，從意識與潛意識之間的「閘門」輸出到情報體次元。
❺輸出到情報體次元的魔法式，會干涉指定座標的個別情報體進行改寫。

「實用等級」魔法師的標準，是在施展單一系統暨單一工序的魔法時，於半秒內完成這些程序。

魔法的評價基準（魔法力）

構築想子情報體的速度是魔法的處理能力、
構築情報體的規模上限是魔法的容納能力、
魔法式改寫個別情報體的強度是魔法的干涉能力，
這三項能力總稱為魔法力。

始源碼假說

主張「加速、加重、移動、振動、聚合、發散、吸收、釋放」四大系統八大種類的魔法，各自擁有正向與負向共計十六種基礎魔法式，以這十六種魔法式搭配組合，就能構築所有系統魔法的理論。

系統魔法

歸類為四大系統八大種類的魔法。

系統外魔法

並非操作物質現象，而是操作精神現象的魔法統稱。
從使喚靈異存在的神靈魔法、精靈魔法，或是讀心、靈魂出竅、意識操控等，包括的種類琳琅滿目。

十師族

日本最強的魔法師集團。一条、一之倉、一色、二木、二階堂、二瓶、三矢、三日月、四葉、五輪、五頭、五味、六塚、六角、六鄉、六本木、七草、七寶、七夕、七瀨、八代、八朔、八幡、九島、九鬼、九頭見、十文字、十山共二十八個家系，每四年召開一次「十師族甄選會議」，選出的十個家系就稱為「十師族」。

含數家系

如同「十師族」的姓氏有一到十的數字，「百家」之中的主流家系姓氏也有十一以上的數字，例如「『千』代田」、「『五十』里」、「『千』葉」家。
數字大小不代表實力強弱，但姓氏有數字就代表血統純正，可以作為推測魔法師實力的依據之一。

失數家系

亦被簡稱「失數」，是「數字」遭受剝奪的魔法師族群。
昔日魔法師被視為兵器暨實驗樣本的時候，評定為「成功案例」得到數字姓氏的魔法師，要是沒有立下「成功案例」應有的成績，就得接受這樣的烙印。

各式各樣的魔法

● 悲嘆冥河

凍結精神的系統外魔法。凍結的精神無法命令肉體死亡，
中了這個魔法的對象，肉體將會隨著精神的「靜止」而停止、僵硬。
依照觀測，精神與肉體的相互作用，也可能導致部分肉體結晶化。

● 地鳴

以獨立情報體「精靈」為媒介振動地面的古式魔法。

● 術式解散

把建構魔法的魔法式，分解為構造無意義的想子粒子群的魔法。
魔法式作用於伴隨事象而來的情報體，基於這種性質，魔法式的情報結構一定會曝光，無法防止外力進行干涉。

● 術式解體

將想子粒子群壓縮成塊，不經由情報體次元直接射向目標物引爆，摧毀目標物的啟動式或魔法式這種紀錄魔法的想子情報體，屬於無系統魔法。
即使歸類為魔法，但只是一種想子砲彈，結構不包含改變事象的魔法式，因此不受情報強化或領域干涉的影響。此外，砲彈本身的壓力也足以反彈演算干擾的影響。由於完全沒有物理作用力，任何障礙物都無法防堵。

● 地雷原

泥土、岩石、砂子、水泥，不拘任何材質，
總之只要是具備「地面」概念的固體，就能施以強力振動的魔法。

● 地裂

由獨立情報體「精靈」為媒介，以線形壓潰地面，
使地面乍看之下彷彿裂開的魔法。

● 乾冰雹暴

聚集空氣中的二氧化碳製作成乾冰粒，
將凍結過程剩餘的熱能轉換為動能，高速射出乾冰粒的魔法。

● 迅襲雷蛇

在「乾冰雹暴」製造乾冰顆粒時，凝結乾冰氣化產生的水蒸氣，
溶入二氧化碳氣體使其形成高導電霧，再以振動系與釋放系魔法產生摩擦靜電。以溶入碳酸的水霧或水滴為導線，朝對方施展電擊的組合魔法。

● 冰霧神域

振動減速系廣域魔法。冷卻大容積的空氣並操縱其移動，
造成廣範圍的凍結效果。
簡單來說，就像是製造超大冰箱一樣。
發動時產生的白霧，是在空中凍結的冰或乾冰。
但要是提升層級，有時也會混入凝結為液態氮的霧。

● 爆裂

將目標物內部液體氣化的發散系魔法。
如果是生物就是體液氣化導致身體破裂，
如果是以內燃機為動力的機械就是燃料氣化爆炸。
燃料電池也不例外。即使沒有搭載可燃的燃料，無論是電池液、油壓液、冷卻液或潤滑液，世間沒有機械不搭載任何液體，因此只要「爆裂」發動，幾乎所有機械都會毀損而停止運作。

● 亂髮

不是指定角度改變風向，而是為了造成「絆腳」的含糊結果操作氣流，以極接近地面的氣流促使草葉纏住對方雙腳的古式魔法。只能在草長得夠高的原野使用。

魔法劍

使用魔法的戰鬥方式，除了以魔法本身為武器作戰，還有以魔法強化、操作武器的技術。
以魔法配合槍、弓箭等射擊武器的術式為主流，不過在日本，劍技與魔法組合而成的「劍術」也很發達。
現代魔法與古式魔法兩種領域，都開發出堪稱「魔法劍」的專用魔法。

1.高頻刃

高速振動刀身，接觸物體時傳導超越分子結合力的振動，將固體局部液化之後斬斷的魔法。和防止刀身自我毀壞的術式配套使用。

2.壓斬

使劍尖朝揮砍方向的水平兩側產生排斥力，將劍刃接觸的物體像是左右推壓般割斷的魔法。排斥力場細得未滿一公釐，強度卻足以影響光波，因此從正面看劍尖是一條黑線。

3.童子斬

被視為源氏祕劍而相傳至今的古式魔法。遙控兩把刀再加上手上的刀，以三把刀包圍對手並同時砍下的魔法劍技。以同音的「童子斬」隱藏原本「同時斬」的意義。

4.斬鐵

千葉一門的祕劍。不是將刀視為鋼塊或鐵塊，而是定義為「刀」這種單一概念，依循魔法式所設定的刀路而動的移動系統魔法。被定義為單一概念的「刀」如同單分子結晶之刃，不會折斷、彎曲或缺角，將會沿著刀路劈開所有物體。

5.迅雷斬鐵

以專用武裝演算裝置「雷丸」施展的「斬鐵」進化型。將刀與劍士定義為單一集合概念，因此從接觸敵人到出招的一連串動作，都能毫無誤差地高速執行。

6.山怒濤

以全長一八〇公分的大型專用武器「大蛇丸」所施展的千葉一門的祕劍。將己身與刀的慣性減低到極限並高速接近對手，在交鋒瞬間將至今消除的慣性疊加，提升刀身慣性後砍向對方。這股偽造的慣性質量和助跑距離成正比，最高可達十噸。

7.薄翼蜻蜓

將奈米碳管編織為厚度十億分之五公尺的極致薄膜，再以硬化魔法固定為全平面而化為刀刃的魔法。薄翼蜻蜓製成的刀身比任何刀劍或剃刀都要銳利，但術式不支援揮刀動作，因此術士必須具備足夠的刀劍造詣與臂力。

魔法技能師開發研究所

西元二〇三〇年代，日本政府因應第三次世界大戰當前而緊張化的國際情勢，接連設立開發魔法師的研究所。研究目的不是開發魔法，始終是開發魔法師，為了製造出最適合使用所需魔法的魔法師，基因改造也在研究範圍。

魔法技能師開發研究所設立了第一至第十共十所，至今依然有五所運作中。

各研究所的細節如下所述：

魔法技能師開發第一研究所

二〇三一年設立於金澤市，現在已關閉。

開發主題是進行對人戰鬥時直接干涉生物體的魔法。氣化魔法「爆裂」是衍生形態之一。不過，操作人體動作的魔法可能會引發傀儡攻擊（操作他人進行的自殺式恐怖攻擊），因此禁止研發。

魔法技能師開發第二研究所

二〇三一年設立於淡路島，運作中。

和第一研的主題成對，開發的魔法是干涉無機物的魔法。尤其是關於氧化還原反應的吸收系魔法。

魔法技能師開發第三研究所

二〇三二年設立於厚木市，運作中。

目的是開發出能獨力應付各種狀況的魔法師，致力於多重演算的研究。尤其竭力實驗測試可以同時發動、連續發動的魔法數量極限，開發可以同時發動複數魔法的魔法師。

魔法技能師開發第四研究所

詳情不明，推測位於前東京都與前山梨縣的界線附近，設立時間則估計是二〇三三年。現在宣稱已經關閉，而實際狀況也不明。只有前第四研不是由政府，是對國家具備強大影響力的贊助者設立。傳聞現在該研究所從國家獨立出來，接受贊助者的支援繼續運作，也傳聞該贊助者實際上從二〇二〇年代之前就經營著該研究所。

據說其研究目標是試圖利用精神干涉魔法，強化「魔法」這種特異能力的源泉，也就是魔法師潛意識領域的魔法演算領域。

魔法技能師開發第五研究所

二〇三五年設立於四國的宇和島市，運作中。

研究的是干涉物質形狀的魔法。主流研究是技術難度較低的流體控制，但也成功研究出干涉固體形狀的魔法。其成果就是和USNA共同開發的「巴哈姆特」。加上流體干涉魔法「深淵」，該研究所開發出兩個戰略級魔法，是國際聞名的魔法研究機構。

魔法技能師開發第六研究所

二〇三五年設立於仙台市，運作中。

研究如何以魔法控制熱量。和第八研同樣偏向是基礎研究機構，相對的缺乏軍事色彩。不過除了第四研，據說在魔法技能師開發研究所之中，第六研進行基因改造實驗的次數最多（第四研實際狀況不明）。

魔法技能師開發第七研究所

二〇三六年設立於東京，現在已關閉。

主要開發反集團戰鬥用的魔法，群體控制魔法為其成果。第六研的軍事色彩不強，促使第七研成為兼任戰時首都防衛工作的魔法師開發研究設施。

魔法技能師開發第八研究所

二〇三七年設立於北九州市，運作中。

研究如何以魔法操作重力、電磁力與各種強弱不同的交互作用力。基礎研究機構的色彩比第六研更濃厚，但是和國防軍關係密切，這一點和第六研不同。部分原因在於第八研的研究內容很容易連結到核武開發，在國防軍的保證之下，才免於被質疑暗中開發核武。

魔法技能師開發第九研究所

二〇三七年設立於奈良市，現在已關閉。

研究如何將現代魔法與古式魔法融合，試圖藉由讓現代魔法吸收古式魔法的相關知識，解決現代魔法不擅長的各種課題（例如模糊不明確的術式操作）。

魔法技能師開發第十研究所

二〇三九年設立於東京，現在已關閉。

和第七研同樣兼具防衛首都的目的，研究如何在空間產生虛擬結構物的領域魔法，作為遭遇高火力攻擊的防禦手段。各式各樣的反物理護壁魔法為其成果。

此外，第十研試圖使用不同於第四研的手段激發魔法能力。具體來說，他們致力開發的魔法師並非強化魔法演算領域本身，而是能讓魔法演算領域暫時超頻，因應需求使用強力的魔法。但是成功與否並未公開。

除了上述十間研究所，開發元素家系的研究所從二〇一〇年代運作到二〇二〇年代，但現今全部關閉。此外，國防軍在二〇〇二年設立直屬於陸軍總司令部的祕密研究機構，至今依然獨自進行研究。九島烈加入第九研之前，都在這個研究機構接受強化處置。

戰略級魔法師——十三使徒

現代魔法是在高度科技之中培育而成，因此能開發強力軍事魔法的國家有限，導致只有少數國家能開發匹敵大規模破壞兵器的戰略級魔法。

不過，開發成功的魔法會提供給同盟國，高度適合使用戰略級魔法的同盟國魔法師，也可能被認證為戰略級魔法師。

在2095年4月，各國認定適合使用戰略級魔法，並且對外公開身分的魔法師共十三名。他們被稱為「十三使徒」，公認是世界軍事平衡的重要因素。

十三使徒的國籍、姓名與戰略級魔法名稱如下所述：

USNA

安吉．希利鄔斯：「重金屬爆散」
艾里歐特．米勒：「利維坦」
羅蘭．巴特：「利維坦」
※其中只有安吉．希利鄔斯任職於STARS。艾里歐特．米勒位於阿拉斯加基地，羅蘭．巴特位於國外的直布羅陀基地，兩人基本上不會出動。

新蘇維埃聯邦

伊果．安德烈維齊．貝佐布拉佐夫：「水霧炸彈」
列昂尼德．肯德拉切科：「大地紅軍」
※肯德拉切科年事已高，基本上不會離開黑海基地。

大亞細亞聯盟

劉雲德：「霹靂塔」
※劉雲德已於2095年10月31日的對日戰鬥中戰死。

印度、波斯聯邦

巴拉特．錢德勒．坎恩：「神焰沉爆」

日本

五輪 澪：「深淵」

巴西

米吉爾．迪亞斯：「同步線性融合」
※魔法式為USNA提供。

英國

威廉．馬克羅德：「臭氧循環」

德國

卡拉．施米特：「臭氧循環」
※臭氧循環的原型，是分裂前的歐盟因應臭氧層破洞而共同研發的魔法。後來由英國完成，依照協定向前歐盟各國公開魔法式。

土耳其

阿里．夏亨：「巴哈姆特」
※魔法式為USNA與日本所共同開發完成，由日本主導提供。

泰國

梭姆．查伊．班納克：「神焰沉爆」
※魔法式為印度、波斯聯邦提供。

STARS簡介

USNA軍統合參謀總部直屬魔法師部隊。共有十二部隊，
隊員依照星星的亮度分成不同階級。
部隊長各自獲頒一等星的稱號。

●STARS的組織體系

1. 各部隊地位沒有高低之別。
2. 指揮權集中在總隊長，但實際上經常由基地司令下令。
3. 各隊隊長底下配屬恆星級、星座級、行星級、衛星級的隊員。總隊長沒有直屬部下。
4. 「PLANET STAFF」是以行星級成員組成的支援部隊。有時候不會動用恆星級隊員，只派出PLANET STAFF。
   希兒薇雅隸屬於PLANET STAFF。
5. STARDUST分發的基地不同。

企圖暗殺總隊長安吉・希利鄔斯的隊員們

●亞歷山大・艾克圖魯斯
第三隊隊長。上尉。繼承相當純正的北美大陸原住民血統。
和雷谷魯斯並列為本次叛亂的主嫌。

●雅各・雷谷魯斯
第三隊一等星級隊員。中尉。擅長使用近似步槍的武裝演算裝置發射
高能量紅外線雷射彈「雷射狙擊」。

●夏綠蒂・貝格
第四隊隊長。上尉。比莉娜大十歲以上，卻因為階級不如莉娜而心懷不滿。
和莉娜相處得不太好。

●佐伊・斯琵卡
第四隊一等星級隊員。中尉。東洋血統的女性。使用的是投擲尖細力場的「分子切割投擲槍」，
堪稱「分子切割」的改編版。

●蕾拉・迪尼布
第四隊一等星級隊員。少尉。北歐血統的高䠷窈窕女性。
擅長短刀搭配手槍的複合攻擊。

司波達也的新裝備「解放裝甲」

四葉家開發的飛行裝甲服。和國防軍開發的「可動裝甲」相比，不具備動力輔助功能，資料連結功能也比較差，但是防禦性能提升到同級以上。

隱形與飛行性能優秀，司波達也表示「甚至可以說比可動裝甲更適合用於追蹤」。

寄生物（吸血鬼）

源自精神的情報生命體。

據說原本是在異次元形成，推測是在進行微型黑洞製造與蒸發實驗時撼動次元之牆，因而出現在這個世界。

寄生物群沒有所謂的指揮官，具備獨立思考能力卻共享意識。寄生物可以相互通訊，也能在某種程度的範圍掌握同伴的位置採取行動。

二〇九五年冬季，司波達也等人一度遭遇這種寄生物，並且成功擊退。

當初該事件發生時，犧牲者沒有明顯外傷，體內卻失去大量血液，因此別名為「吸血鬼」。

「幽體消散」

這是和寄生物交手屢次陷入苦戰的達也終於開發的新魔法。可以將靈子情報體徹底逐出這個世界。

至今達也使用的是將情報體封入想子球體的無系統魔法「封玉」，該魔法的效果是暫時性的，須由精神干涉系魔法天分卓越的其他魔法師進行追加的封印處置。

不過，達也和艾克圖魯斯交戰時得知，精神體（靈子情報體）為了存在於這個世界，必須以想子情報體為媒介連結到世界。觀測精神體活動伴隨的情報變化，逆向掌握到被運用為連接媒介的想子情報體加以破壞，就能將精神體完全從這個世界切離。

達也所創造的這個魔法，就是靈子情報體支持構造分解魔法「幽體消散」。

The International Situation
2096年現在的世界情勢

以全球寒冷化為直接契機的第三次世界大戰──二十年世界連續戰爭大幅改寫了世界地圖。世界現狀如下所述：

USA合併加拿大以及墨西哥到巴拿馬等各國，組成北美利堅大陸合眾國（USNA）。

俄羅斯再度吸收烏克蘭與白俄羅斯，組成新蘇維埃聯邦（新蘇聯）。

中國征服緬甸北部、越南北部、寮國北部以及朝鮮半島，組成大亞細亞聯盟（大亞聯盟）。

印度與伊朗併吞中亞各國（土庫曼、烏茲別克、塔吉克、阿富汗）以及南亞各國（巴基斯坦、尼泊爾、不丹、孟加拉、斯里蘭卡），組成印度、波斯聯邦。

亞洲阿拉伯其餘國家，分區締結軍事同盟，對抗新蘇聯、大亞聯盟以及印度、波斯聯邦三大國。

澳洲選擇實質鎖國。

歐洲整合失敗，以德國與法國為界分裂為東西兩側。東歐與西歐也沒能各自整合為單一國家，團結力甚至不如戰前。

非洲各國半數完全消滅，倖存的國家也只能勉強維持都市周邊的統治權。

南美除了巴西，都處於地方政府各自為政的小國分立狀態。

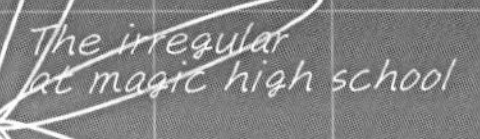

自我犧牲篇〔1〕

西元二〇九七年八月四日，星期日。

伊豆群島所屬的最新島嶼被外國的武裝集團襲擊。

島嶼名為「巳燒島」。

襲擊島嶼的武裝集團，官方對外說明是被新蘇聯特務欺騙而遵照假命令出動的USNA海軍部隊，加上新蘇聯特務在USNA國內所建立祕密幹員組織的混編部隊。

假設這是真的，USNA所屬船艦與軍人攻擊日本領土的事實也不會改變。這樣下去不只是美日關係，國際社會對於USNA的評價也會嚴重惡化為「會暗算同盟國的沒信用國家」。

USNA派遣國防部長這個層級的高官到日本，是為了收拾這個事態。

——表面上是如此。

和日本政府和解，確實也是國防部長連恩．史賓賽訪日的目的之一，實際上卻很難說是主要目的。進一步來說，史賓賽也不是訪日的主角。

事發五天後。USNA國防部長和日本總理大臣在媒體群面前營造和樂融融的氣氛，真正主角之間的會談則是在背地裡悄悄開始。

八月九日，星期五。這天一大早，在相隔二十天後，達也從巳燒島回到東京。他會這麼做是因應USNA國防部長隨行祕書官傑佛瑞．詹姆士的邀請。

兩天前，達也透過莉娜收到來自白宮的親筆信函。內容講好聽一點是向達也要求和解，講難聽一點是企圖拉攏達也加入USNA陣營以便利用。

達也接受了USNA的要求。無論講得好聽還是難聽，其中的意義都一樣。因為有利用價值所以友善對待，達也這邊也持相同態度。無關日本的外交方針，達也將大亞聯盟與新蘇聯這兩國重創到當然會被視為眼中釘的程度。若能和USNA建立友好關係，即使對方明顯別有居心，對他來說也是利大於弊。

達也收下親筆信函之後當場寫信允諾，這封回信在昨天八月八日上午由莉娜送達，然後在昨天傍晚，莉娜打電話轉告「國防部長隨行祕書官說明天想見你」。

傑佛瑞．詹姆士指定的面談場所是國防部長一行人下榻的飯店某客房。雖然比不上部長本人使用的總統套房，仍是非常高級的房間。從這個待遇看得出傑佛瑞．詹姆士的實質地位。

房間裡裡外外都由戰鬥專家嚴加戒備，推測他們是特殊部隊的前隊員或現役隊員，看得出所有人都是佼佼者。但是達也毫無畏懼的樣子，就這麼被帶進房間。

此外，入內時沒搜身。看來擁有自信的不只是達也一人。這是對於戰鬥力本身的自信？還是對於自身立場的自信？達也不清楚。

「初次見面，我是傑佛瑞．詹姆士。請叫我ＪＪ。不需要加『先生』喔。」

邀請達也前來的ＪＪ——傑佛瑞．詹姆士以非常親切的態度迎接他。大概是多虧這樣，所以即使是將近兩公尺高的魁梧體格，也沒對達也造成壓迫感。

「我是司波達也。也請叫我達也就好。當然也不必加『先生』或『大人』。」

達也本來不喜歡這種裝熟的客套話。但他此時配合對方的做法回以自我介紹。

「知道了。達也，謝謝你即使突然受邀也爽快赴約。」

「國防部長的親信撥出寶貴的時間，我當然應該主動前來。畢竟距離也不算遠。」

ＪＪ的表情微動。具體來說是右邊眉毛稍微起伏。但他沒讓達也看出這是反映內心的哪種表情。ＪＪ看起來頂多三十歲，實際的年齡或許更大，或者是城府比實際年齡深得多。

「不好意思，達也，想喝點什麼嗎？」

「那我要黑咖啡。」

這次ＪＪ臉上明顯掠過驚訝表情。或許是因為達也毫不客氣說出要求，這種態度不符合一般對日本人的刻板印象，或是達也看起來完全不提防飲料下藥的大膽反應令他意外。

達也並非刻意這麼做，不過ＪＪ取回自身步調用掉的短暫時間，對於達也來說是一段很好的緩衝。兩人份的咖啡送到之後，雙方以不搶主導權的平和氣氛重啟對話。

「那麼達也，進入正題吧。」

「ＪＪ，先前託希爾茲小姐轉交的回信已經寫明我的意願。有哪裡寫得不清楚嗎？」

面對ＪＪ的引導，達也輕輕回以牽制的刺拳。

「不，感謝您爽快同意這邊的要求。老實說，超乎我們的期待。」

ＪＪ以超出預料的低姿態回應達也的話語。看他採取這種態度，達也也不能草率發言。

達也更加繃緊精神，慎選言辭。

「我也沒有和貴國敵對的意思。本次事件我認為責任在艾德華．克拉克身上。」

「……關於狄俄涅計畫，您也願意這麼認為嗎？」

「是的。」

達也與ＪＪ默默相互注視約三秒。

「那太好了。光是確認我們之間沒產生嚴重的誤解，這一趟來日本就值得了。」

ＪＪ以自然的態度作勢鬆一口氣。

「我也一樣，光是能讓您理解我不抱未曾存在的敵意，就不枉費我跑這一趟了。」

達也露出制式笑容回應。

「我們希望和您建立更堅定的友誼。」

達也以眼神催促ＪＪ說下去。

「達也……您願意來美國嗎？」

這個意外的提案令達也內心忍不住驚訝。他沒料到對方會提出如此厚臉皮的要求。

「去美國？」

達也刻意不隱藏意外感反問。

「我們會為您準備最好的研究環境。請將您的智慧用來造福所有熱愛自由與民主主義的廣大國民吧。」

ＪＪ的語氣一反話語的內容，毫不掩飾。

「您不說『造福全人類』是吧？」

達也以調侃的語氣詢問高談闊論的ＪＪ。

「惹您不高興了嗎？」

ＪＪ以不安的語氣反問。

雖然語氣不安，但他的雙邊嘴角上揚成微笑的形狀。

「不，我認為目的變得明確是好事。」

達也也以相同的表情回答ＪＪ的問題。

然後他們同時收起笑容，以掃興的視線相視。

兩人內心同時產生共鳴與同類相斥的情感。

「承蒙您如此邀請，但我在巳燒島計畫告一段落之前無法離開日本。」

「這樣啊。雖然可惜，但既然是這個理由就沒辦法了。」

聽完達也的婉拒，ＪＪ很乾脆地收手了。

「那麼，雖然說成替代也不太對，但可以請您接受我們派遣技術人員過來嗎？」

ＪＪ立刻提出替代方案。從這個速度推測，這應該才是他真正的「要求」。

「派遣技術人員？像是研修那樣嗎？」

「是的。您回信提到願意提供恆星爐技術，所以想說既然這樣，我們不只想從資料，也想在現場學習。」

「說得也是……」

達也之所以沒立刻答覆，是因為他在思考今後若是收容技術人員，是否會被幹員用來臥底。

「我知道了。雖然不能由我獨自決定，但我會朝這個方向調整看看。」

但他立刻改變想法。既然已經准許媒體採訪，謝絕技術人員加入也沒意義。

「謝謝。那麼要是做出結論，請以這個網址告知。」

ＪＪ說著遞出一張名片大的紙，上面印著長長的字串與色碼。

達也解讀這段字串，得知這是高階編碼的虛擬專線。不是普通的網路。恐怕是只對國防部少

「可以嗎？」

達也不禁詢問ＪＪ。

「什麼事？」

不過聽他這麼反問，達也察覺這個問題沒意義。

「沒事，我知道了。」

「期待您的好消息。」

在這之後，達也和ＪＪ閒聊約五分鐘後離開他的房間。

◇◇◇

達也和傑佛瑞．詹姆士結束對談時是上午十一點。達也離開國防部長一行人下榻的飯店，先回到調布的自家一趟。

達也他們不在家的時候，家庭自動化系統也會維護住家整潔。但他到家的時候，室內完全沒有空屋特有的空虛塵土味，肯定是因為先一步返家的深雪與水波努力打掃過。

「哥哥，歡迎回來。」

他一打開住家大門，深雪立刻出聲迎接。

「我回來了。」

達也和深雪四目相對做出回應，然後視線向下準備脫鞋。此時他察覺地上放了三雙鞋。

「莉娜來了嗎？」

「是的，因為快要中午了。」

深雪至今都以認真表情回應。

「她把自己房間打掃完了嗎？手腳這麼俐落真不像她。」

聽到達也這句話，深雪忍不住輕聲噗哧一笑。

「哥哥，講這種話不好聽喔。」

「也對……所以實際上怎麼樣？」

「因為快要吃午飯了。」

「原來如此。」

達也也跟著輕聲一笑。

「我打算晚點過去幫她。」

深雪就這麼掛著笑容，像是補足般加上這句話。

四人吃完深雪與水波合作的午餐之後，達也、深雪、水波與莉娜等四人前往八雲的寺廟「九重寺」。

他們將四人座的新型飛行車停在停車場，沿著通往山門的階梯往上爬。

今天沒有粗暴的歡迎儀式。考量到達也他們來訪的目的，八雲也終究自制了吧。不過寺院內傳來摩拳擦掌想要過招比試的氣息。

爬完階梯一看，八雲在山門的另一側等待。

「嗨。」

「師父，謝謝您特地前來迎接。」

達也以敬畏的態度低下頭。不是裝出來的，他真的感到惶恐。

「不用在意沒關係的。因為如果我沒來這裡，結界應該會起反應。」

不過聽到八雲這段話，達也內心關於禮節的顧慮飛到九霄雲外。他的表情嚴肅緊張。不，比起「嚴肅」更像「嚴厲」；比起「緊張」更像「緊繃」，後者的形容方式或許比較適當。

「師父，難道您的意思是——」

「細節到裡面說吧。」

八雲打斷達也的話語，帶領四人入內。不是前往正殿，是僧房。

八雲等五人坐在僧房鋪設的坐墊。八雲盤腿而坐，達也、深雪、水波是跪坐。莉娜一開始也想好好跪坐，但屁股動啊動的，最後偷偷將腳尖稍微往兩側張開。

所有人坐好之後，窗戶從戶外關閉。不知道是徒弟關的還是以法術關的，這一點依然連達也都不得而知。感覺不到他人或魔法的氣息，所以或許是一反古老外表的機械機關。

僧房內部是相當密閉的空間，即使日正當中依然變得一片漆黑。但是不悶熱，反而開始洋溢沁涼的空氣。從這個季節來想是很奇怪的事。雖然也可能使用了不會起風的空調機器，但是達也他們四人隱約覺得室內並非以機械降溫。

一整面的牆壁點亮燭火。這次明顯是以八雲的魔法點火。隨著微弱燭光飄來的香油味，不是達也與深雪以前體驗的味道。這肯定是輔助建構結界的要素，不過達也覺得現在形成的結界，性質上不是要排除外部事物，而是要封閉內部事物的「魔法力場」。

「那麼……」

八雲的聲音，將達也移向結界的注意力拉回來。

「先讓我看看吧。櫻井水波小姐，妳過來。」

「水波。」

「是。」

在達也催促之下，坐在橫排右端的水波向前，來到八雲的正前方。

等待水波坐穩之後，八雲開始結印。

達也等三人屏息注視水波與八雲。

僧房充滿緊迫感。比起水波本人，凝視她背部的深雪她們更加緊張。

深雪與莉娜額頭冒汗。

達也維持撲克臉，但雙手握得緊緊的。

就這麼默默經過約五分鐘。

八雲解開手印，輕輕吐氣。

僧房內部的緊繃空氣稍微放鬆。

「先說結論，我認為當下不必擔心。」

八雲以毫無危機感的語氣告知。如果真的不用擔心就好，卻附帶「當下」這個條件。

而且不知道「當下」是什麼意思。

意思是維持現在這樣沒問題？還是即使暫時沒事，將來也很可能惡化？

這兩種解釋可說是天差地遠，兩者必須採取的應對措施完全相反。

「…………」「…………」「…………」

深雪、莉娜以及當事人水波，都默默看向八雲。

「……師父。」

只有達也發出傻眼與譴責參半的聲音。

「不用這麼惡狠狠瞪我，我會好好說明的。」

承受達也與深雪責備般的視線，八雲露出苦笑。

「水波小姐的魔法技能被封鎖的原因，是經過無害處理的寄生物。封印到動彈不得的寄生物沉入意識底層，將你們所說的『魔法演算領域』加蓋。」

「將寄生物進行無害處理……？」

這種事做得到嗎？達也間接提問。

「你也做得到吧？」

八雲一副「你問這什麼問題」的語氣回應。

「基本原理和『封玉』相同。固定外側使其無法自由行動。不過依附在水波小姐的寄生物，使用的是更精巧的技術。」

「老師，不必擔心這道封印會解開嗎？」

深雪以哀求般的語氣問。

「這不是單純的封印……這具寄生物是被『什麼都別做，待在那裡別動』這道命令束縛的狀態。不同於忽視妖魔意願強行禁閉的封印，只要主從關係維持下去就沒問題吧。」

這不是深雪想要的答案。

「這種關係會維持多久？」

即使有魔法能引發不可逆的變化，也沒有魔法擁有永續效果。例如深雪的「悲嘆冥河」是讓精神不再活化而且不可逆，並不是強制精神永續處於凍結狀態。

「等到快要失效，我想術士會來重新上鎖喔。」

「……意思是維持不了太久嗎？」

深雪戰戰兢兢詢問。

「——光宣會來找水波？」

八雲還沒回答深雪，達也就提出另一個問題。

「他本人應該打算這麼做吧。封印一旦解開，寄生物就會開始侵蝕水波小姐。如果允許這種結果，一開始就不會使用這麼費工的法術。無視於水波小姐的意願拉她加入，這麼做比較符合九島光宣的目的吧？」

「光宣的目的是？」

莉娜逕自說出這個疑問。

沒人回答她。

光宣說過「只想治好水波的病」，達也與深雪知道這件事。兩人剛開始相信這個說法，但現在達也與深雪都懷疑光宣另有真正的用意。

而且深雪內心深處害怕「水波或許也懷抱同樣的願望」，達也害怕揭發真心話會傷到深雪。

◇◇◇

達也等人從八雲寺廟回到調布自家之後，包括莉娜在內，眾人掛著嚴肅表情齊聚在客廳。

「那個，畢竟目前不會影響到日常生活，各位不需要煩惱我的事……」

大概是承受不了這股沉重的氣氛，水波戰戰兢兢開口。

「……四葉家沒有擅長系統外魔法的魔法師嗎？」

莉娜無視於她的話語，詢問達也與深雪。

「分家之一的津久葉家擅長這種魔法……但是老師都束手無策，我不認為津久葉家當家的冬歌大人或下任當家的夕歌表姊有辦法處理。」

深雪軟弱搖頭回應。

診斷出結果之後，達也他們當然詢問八雲是否能去除水波體內的寄生物。但是八雲的回答並不理想。

八雲是高超的古式魔法師。達也追捕周公瑾時，曾經和有名無實的「傳統派」對決，八雲和他們不同，是繼承真正傳統的術士。

自古以來，能使用魔法的人，最重要的使命就是保護人民不受妖怪、魔物的威脅。用來擊退或誅討這些妖魔的魔法，八雲修習得爐火純青。然而即使是這樣的八雲，也無法從水波體內去除寄生物。

依照他的說法，水波體內的寄生物是被封印的狀態。不，形容為「寄生物是被封印在水波體內的狀態」比較正確吧。以水波為容器封印寄生物，被封印的寄生物成為蓋子，抑制水波的魔法演算領域的活動，八雲說明水波處於這種狀態。

若要強行剝除寄生物必須按部就班，先在「水波體內」解除封印再除掉寄生物，在解除封印的階段會面臨被寄生物侵蝕的風險。寄生物沉入精神領域深處，位於意識與無意識的境界，一旦寄生物開始侵蝕，即使能夠避免同化，水波的精神也免不了受到重創。

想取出寄生物，需要的不是退魔的法術，而是從魔的法術。八雲做出這樣的結論。換句話說就是操縱寄生物使其服從的法術。八雲一臉苦澀，不甘心地笑著說他只能對寄生物進行消滅或封印這兩種處理。

「……只能找出光宣叫他解除法術嗎……」

達也、深雪與莉娜都沒將水波婉拒的話語聽進去。深雪回答莉娜的問題之後，達也做出這個結論。

「果然只能這麼做啊。」

「可是要怎麼找出他？現在沒有光宣下落的線索吧？」

深雪同意達也的話語，莉娜提出問題點。

她並非壞心眼潑冷水，反倒是因為由衷擔心水波，所以忍不住說出自己感到不安的部分。

「關於光宣逃亡的去向，他沒有太多選擇。」

「什麼意思？」

莉娜聽不懂達也想表達什麼，頭上冒出大大的問號詢問。深雪也沒隱藏自己的困惑。

達也在這個狀況當然沒賣關子。

「即使擁有多麼高超的魔法技能，光宣也還是高二少年。體弱多病經常住院的那傢伙，沒機會在校外擴展人脈。」

「可是哥哥，光宣不是吸收了周公瑾的知識嗎？」

「是的。」

達也點頭回應深雪的反駁，繼續說下去。

「正因如此，我認為光宣選擇的逃亡路線，只限於周公瑾知道的路線。」

「具體來說呢？」

莉娜對周公瑾不熟。她當然懷抱「周公瑾是什麼樣的人物？光宣是經歷什麼事件繼承他的知識？」這種疑問。但是莉娜察覺現在問這個可能會愈講愈深入，認為現在不該把時間浪費在這種事，所以封印自己的好奇心，只要求達也提供結論。

「和周公瑾有交集的土地是遠東亞細亞與北美利堅。」

「這不會太遼闊嗎？」

莉娜露出傻眼表情。

這個指摘很中肯，但達也不為所動。

「周公瑾在遠東亞細亞勾結的犯罪集團『無頭龍』在兩年前，被日本與大亞聯盟的警察組織聯手擊潰。他以逃亡揹客身分利用的管道，聽說也受到嚴格舉發而陷入毀滅狀態。」

「意思是不必考慮他逃亡到東亞是吧？」

「我是這麼認為。」

達也朝深雪點頭。

「水波，告訴我一件事。」

此時達也看向至今被眾人晾在一旁的水波。

「好的，請問是什麼事？」

水波沒表露不滿（實際上她內心也沒有不平或不滿吧），率直回應。

「妳被帶離日本的時候，有沒有寄生物和光宣同行？」

「……有。」

這是達也第一次向水波詢問逃亡時的事情。在這之前即使水波被自白的衝動驅使，達也與深雪也都錯開話題不聽她說——不讓她說。

「知道對方的身分嗎？只知道名字也可以。」

「當時光宣大人叫他『雷蒙德』。」

水波沒搜尋記憶就回答達也的問題。

「是不是金髮藍眼，面貌端正，卻隱約有點孩子氣的白人青年？」

「是的。達也大人，您知道這個人嗎？」

「哥哥，那不就是……」

達也沒回答水波與深雪的疑問，繼續進行剛才中斷的說明。

「逃亡的選項可以排除東亞細亞，另一方面，北美利堅，尤其是加利福尼亞州，是周公瑾的頂頭上司顧傑直到半年前藏身的地區。而且如水波現在所說，光宣從西北夏威夷群島逃亡時，美國出身的寄生物肯定和他同行。我認為光宣最可能藏身的場所是USNA西岸。」

「但我覺得這樣還是太遼闊了……你打算怎麼找？」

知道母國多麼遼闊的莉娜心想「真的找得到嗎」，以難掩不安的聲音詢問。

「我一個人找應該太遼闊了。即使四葉家情報網總動員也很難吧。不過，如果是USNA聯邦政府呢？我認為如果是國土安全部或CIA的反恐攻中心，並不是不可能找出偷渡入境的寄生物。」

聽到達也對她這個問題的回答，莉娜稍微板起臉。

「……如果順便也讓ＦＢＩ的國家安全部出動，應該就不難吧。」

達也使用的「並不是不可能」這句形容方式，聽在莉娜耳裡似乎過於保守。

「所以呢？要拜託柯蒂斯參議院議員說『請找出光宣』嗎？還是由我委託國防部長的祕書比較好？」

莉娜有點自暴自棄的這段話，引得達也淺淺一笑。

「白宮難得派遣妳過來，所以事不宜遲交付妳一項任務吧。」

達也酸溜溜的這番話，指的是ＵＳＮＡ總統府寫給達也的親筆信函提到「免費無期限出借安潔莉娜．希爾茲中校」這件事。

莉娜辭去ＵＳＮＡ的軍職來到日本。將來預定歸化日本。

這就某方面來說是「和平逃亡」，堪稱ＵＳＮＡ放任國家公認戰略級魔法師逃走。但是這攸關面子問題，不可能公開承認這種事。所以ＵＳＮＡ政府與軍方將收到的辭呈當成「安吉．希利鄔斯少校」的辭呈，不承認「安潔莉娜．希爾茲」退役，強辯莉娜訪日是安吉．希利鄔斯以真實身分「安潔莉娜．希爾茲中校」投入日本祕密特殊任務的結果。

而且這個祕密任務是採用「免費無期限出借」的形式，內容是「監視並拉攏戰略級魔法師司

波達也」。

背地裡的這些隱情當然沒對達也說明。USNA政府告知他的只有「免費無期限出借」這部分。後續只不過是達也的推理。不過在現在這個場合，他的推理是否正確並不重要。

「莉娜，委託聯邦政府搜索光宣吧。」

「好的好的。畢竟我現在出借給你啊。」

現在這裡有人能擔任信差。只要有這個事實就夠了。

莉娜等到美國東岸天亮之後，打電話給五角大廈的巴藍斯上校。

刻意不使用特別的編碼。

莉娜使用普通編碼（意思是「對於軍方來說」不特別的編碼）進行通話，委託巴藍斯搜索光宣。

「光宣，看來聯邦政府出動了。」

西岸還是清晨，但光宣與雷蒙德醒著。

不，應該說「還醒著」。最近他們成為「吸血鬼該有的樣子」，過著早晨就寢傍晚起床的生活。

「聯邦政府？不是聯邦軍？」

光宣稍微打開二樓窗簾，看著剛開始活絡的街道，聽到雷蒙德的聲音之後轉身。

他們溝通的時候不必發出聲音，但是在這間祕密居所並非只有寄生物，人類魔法師反而比較多。之所以隨時注意發出聲音對話，主要原因在於兩人都比較習慣這麼做，但也是避免「組織」的人們無謂起疑。

兩人位於靠近洛杉磯海港的一角。光宣與雷蒙德藏匿在以魔法師組成的某激進派組織據點。

「接下委託的是軍方，不過ＦＢＩ或ＣＩＡ也會出動吧。」

「ＣＩＡ不是負責國外嗎？」

看到光宣歪頭納悶，雷蒙德露出不帶惡意的笑容搖頭。

「恐怖分子的對策不分國內外喔。」

「我們是恐怖分子嗎？哎……被這麼說也在所難免吧。」

來到這裡的不久前，光宣毀掉聯邦軍的一整座基地。ＵＳＮＡ軍認定珍珠與赫密士環礁基地毀滅是達也幹的好事，但基地殘存的官兵是光宣殺光的。若是回顧這個事實，他被說成恐怖分子也無法否定。

「委託搜索的是達也。比你預測的快好多。」

雷蒙德指出這點使得光宣蹙眉。這張表情看起來不是在表明不悅，而是擔憂事態出乎預料地不妙。

「所以，要怎麼做？雖然受到這裡照顧至今才半個月，不過既然對上ＦＢＩ與ＣＩＡ，我覺得被找到也只是時間問題喔。」

「我要回日本。」

光宣的回答令雷蒙德目瞪口呆。

「不會危險嗎？達也肯定嚴陣以待喔。」

「必須做個了斷才行。」

光宣雙眼隱藏堅定的決心。不必使用心電感應，雷蒙德也知道不可能讓他改變主意。

「那麼，我也去。」

雷蒙德沒試著說服，改以毫不嚴肅的語氣這麼說。

「說這什麼話？我回日本是因為必須這麼做。雖然比預定時間早很多，但我原本就計劃遲早要回國。」

光宣變了臉色，以認真的眼神注視雷蒙德的雙眼。

「這趟回去是我的私事。雷蒙德，不必連你都冒這個險。」

「你說的私事是治療水波吧？」

雷蒙德不改輕浮語氣。

「我說過吧？我的願望是見證你們兩人走到最後。」

光宣倒抽一口氣，雷蒙德就這麼以現在的語氣補充下一句話。

「若是為了實現這個願望，要我拋棄這條命也在所不惜。」

[2]

八月十日，和ＵＳＮＡ國防部長隨行祕書官傑佛瑞．詹姆士面會的隔天。

水波的事情已經委託ＵＳＮＡ當局搜索光宣，目前只能等待。

明明剛從巳燒島回來沒多久卻也太忙碌了。如此心想的達也，正在兼用為四葉家東京總部的住宅大樓地下研究室，著手確立魔法式儲存用聖遺物的工業製法。

開始工作經過約三小時，上午將近十一點的時候，位於頂樓自家的深雪打內線電話過來。

『穗香剛才打電話給我。』

達也詢問事由，深雪以此為開場白。從深雪的表情看來，那通電話應該不是壞消息。

『國防軍願意為祕碑解碼的交流賽提供助力。』

這確實是好消息，卻有點令人意外。覺得國防軍反應過為露骨的達也差點板起臉。

國防軍突然改變態度的原因，大概是得知達也和ＵＳＮＡ政府高官接觸過。或許是害怕他投奔美國吧。

達也覺得國防軍笨透了。如果他們認為達也被灌點迷湯就會輕易轉換陣營，達也會感到不是滋味；如果他們認為這種程度的事就討得到達也的歡心，達也會更加不悅。

「這不是好消息嗎？如果從現在開始準備，應該趕得上月底舉辦。」

但是達也絲毫沒把這種想法寫在臉上，以適合這個話題的笑容朝著鏡頭附和。

『是的。所以我也想去幫忙準備……』

「要去學校？」

『是的。請問不可以嗎……？』

「當然沒問題。現在就要出門？」

畫面中的深雪已經換好制服。

『我是這麼打算的。』

「知道了。我立刻回家。」

達也當然要和深雪一起去。

深雪當場理解到，達也是以這個心態這麼說的。

『不，我會請莉娜陪我去學校……我覺得哥哥暫時還是不要太常外出比較好。』

「……這樣啊。」

深雪的說法合理。從巳燒島防衛戰到今天才六天。要是他貿然上街，明顯會有自稱記者卻不知道把「節制」這個詞忘在哪裡的傢伙纏著他不放。

『我不是搭小型電車，是請人開車送我到學校，所以您應該不用擔心。』

「說得也是。就這麼做吧。」

這棟大樓是四葉家的東京總部。不必由達也開車，為下任當家深雪準備的司機也隨時在這裡待命。

『好的。我會在天黑之前回來。』

「回程也務必要叫車子接送啊。」

『知道了。那麼，我出門了。』

從達也朝全世界發表那段宣言（自身戰力足以對付整個國家）的那一天算起，至今還不到一週。以現在的狀況前往學校不只對達也自己沒好處，更會對周圍帶來困擾吧。避免同行是合理的判斷，達也知道深雪不是在迴避他。

所以「妹妹開始疏遠哥哥」這種想法很荒謬。

他的大腦理解這樣很荒謬。

「欸，深雪，雖然我不知道詳情，不過說起來是什麼活動中止？什麼活動決定舉辦？」

莉娜在開往一高的車上詢問深雪。

莉娜是在六月下旬再度來到日本。當時已經決定中止九校戰。

她上次來日本留學的期間是一月到三月。莉娜不知道有九校戰這項活動，因此不知道內情可說是理所當然。

「中止的活動是『九校戰』，正式名稱是『全國魔法科高中親善魔法競技大會』。從第一到第九的魔法大學附設高中，以運動類型的魔法競賽一較高下。這個活動每年都會在現在這個時期舉行，不過今年中止了。」

「為什麼？」

「莉娜，妳記得在五月初，中亞的大亞聯軍基地被武裝游擊部隊襲擊的事件嗎？」

「尼日河三角洲解放軍發表犯行聲明的那個事件吧？我記得。」

莉娜不愧曾經是軍人，清楚記得這個事件。

「那場襲擊使用的魔法『動態空中機雷』是由哥哥開發，在前年九校戰首度亮相的魔法。」

「喔，這樣啊。所以呢？」

莉娜不表驚訝。她知道以達也的能耐，不費吹灰之力就能開發一兩個新的戰術級魔法。

「會被武裝游擊部隊利用的這種危險魔法技術是從那場大會散播的，這種危險的大會應該停止舉辦。當時世間出現這種聲音。使用大規模魔法的不人道屠殺正在那個時期備受抨擊，由於擔心輿論的反彈，今年的九校戰就中止了。」

「這是怎樣？這藉口太過分了吧！出人命應該由使用魔法的傢伙負責，不對，是由下令使用魔法的傢伙負責。達也沒有任何責任吧？說起來，我聽說在那個事件死傷的都是大亞聯盟軍人。雖然不是站在游擊部隊那邊，不過拿他們和平民的犧牲相提並論太奇怪了！」

莉娜如同當成自己的事情般憤慨。不對，不是「如同」，身為戰略級魔法師的她應該是感同身受，無法置身事外吧。

「我認為妳說的沒錯，不過輿論是照情緒走的。」

不會照道理走。深雪把這句話吞回肚子裡。

莉娜聽出深雪沒說出口的這句話。

「……然後，大家聊到九校自己進行祕碑解碼的交流賽，代替中止的九校戰。雖然四處請求外力協助，卻總是不順利——直到昨天為止。」

最後一句話是嘲諷的語氣，毫不隱瞞陳述出深雪的內心。國防軍態度大變，看在深雪眼裡肯定不是滋味。

「意思是風向突然在今天早上變了？深雪，那不就是……」

「嗯，應該是這麼一回事吧。」

即使莉娜說到不上不下的時候打住，深雪依然向她點頭示意。

莉娜看見這雙眼神，得知深雪和她抱持同樣想法。兩人都推測「國防軍之所以改變態度，肯定是達也和USNA國防部長隨行祕書官傑佛瑞・詹姆士面會的影響」。

即使是暑假又是週末，第一高中校內依然因為學生眾多而熱鬧不已。

確定要舉辦交流賽取代中止的九校戰，這個消息大概是在短時間內廣為流傳吧。學生們對於九校戰的中止就是感到如此惋惜，即使只有祕碑解碼重新舉辦，得知這件事的他們也按捺不住內心的情緒。

因為是這種狀態，所以目擊深雪與莉娜搭乘高級房車到校的學生不在少數，而且沒有任何人投以奇特的目光。如今沒有一高學生不知道深雪的身分。

朝向她的視線，內含的情感不是恐懼——是憧憬、稱讚與崇拜。

「深雪姊姊！啊啊，我想見您想好久了！」

……不過像她這樣熱烈又直接表達心意的就屈指可數了。

「聽聞您先前大顯身手立下出色的成果！不過您沒受傷吧？沒勉強自己吧？」

「泉美學妹，妳冷靜一點。我沒受傷也沒勉強喔。」

深雪已經習慣了。現在不會因為泉美的態度導致顏面局部僵硬——只是難免反射性地有點不敢領教。

「泉美，是妳突然撲過去抱住，才害得會長倒胃……受驚吧？」

雙胞胎姊姊香澄規勸激動的泉美。

「嗚……香，香澄，好難受！我喘不過氣了啦！」

「好了，快放開吧。」

被香澄從後方用力拉衣領，泉美不情不願放開深雪。

「深雪學姊也是為了祕碑解碼的事情過來嗎？」

但是泉美沒離開深雪身旁。現在的她如同久違見到飼主而拚命搖尾嬉戲的幼犬。

「我也希望能幫點忙。」

只要泉美遵守分際，深雪也會大方接受仰慕吧。深雪掛著微笑回答泉美。

「穗香在學生會室？」

「不，光井學姊在社團聯盟總部。」

「謝謝。莉娜，我們走吧。」

深雪對晾在一旁的莉娜說完，前往社團聯盟總部所在的社團大樓。

「我陪您一起去。」

泉美緊貼在深雪身旁跟著走。

莉娜維持退後一步的距離，無奈般聳了聳肩。她不經意往旁邊一看，香澄一邊走一邊做出同樣的動作。

莉娜與香澄之間產生類似友情的共鳴。

深雪抵達社團聯盟總部的時候，穗香剛好正要離開，只差一點就沒能相遇而錯過。

「深雪？妳家那邊沒事了嗎？」

「嗯。原本就幾乎沒有非得要我做的工作。」

對於穗香的疑問，深雪露出必須注意才看得出來的些微苦笑回答。

「是嗎？我一直以為妳很忙。」

穗香感到意外般回應。

「達也大人很忙喔。雖然他沒說，但應該連我的份都包辦了。」

「這樣啊……」

穗香失望呢喃。

深雪也非常能理解這份心情。

達也很忙是事實。共處的時間減少，深雪其實也感到寂寞。

不過今天達也說要一起來學校，是深雪阻止他的。

「不提這個，穗香，現在可望能舉行交流賽了吧？太好了。」

她改變話題藉以掩飾這份罪惡感。

「嗯，是沒錯啦……」

「發生了什麼事？」

穗香說得吞吞吐吐，深雪感到納悶。

「總覺得好突然。」

此時從穗香背後走過來的雫插嘴了。雫出現在這裡沒什麼好奇怪的。她自認也公認是祕碑解碼的愛好者，不可能沒參與交流賽的準備工作。

「『突然』是什麼意思？」

這次是深雪背後的莉娜走向前詢問。她大概一直在找機會參與對話吧。

「得到達也同學的建議之後，五十嵐同學立刻利用校友管道拜託陸軍的宣傳部，可是他直到昨天都在抱怨對方反應不佳。」

「不過在今天早上，對方突然主動聯絡。」

「國防軍主動？」

聽到雫接續穗香說出的話語，深雪猜得到隱情，但她沒明講而是反問。

「嗯，對。」

「他們說想和往年的九校戰一樣，以相同規格支援祕碑解碼交流賽。」

雫點點頭，穗香補充說明詳細內容。

「是五十嵐同學這麼說的？」

深雪刻意說出懷疑般的話語。

「他們打電話過來的時候，我也在場，所以肯定沒錯。」

穗香這句回答，必須是視訊電話普及的現代才說得出來。不同於普遍以一對一進行的語音通話時代，視訊電話只要沒使用耳機，在場的所有人都聽得到對話。

「我當時嚇了一跳。」

穗香像是重現當時狀況般瞪大雙眼。

「我想也是。」

深雪附和時，莉娜拉了拉她的袖口。

「深雪，這……」

莉娜輕聲搭話，要繼續說「果然」兩個字的時候，深雪以眼神阻止。

穗香、雫、泉美與香澄都察覺這段互動，但是四人都沒追究。

「深雪學姊、莉娜學姊，兩位還沒吃午飯吧？」

泉美改變話題取代追究。

「詳情要不要一邊吃飯一邊說？」

「也對。」

深雪立刻點頭回應泉美的貼心。

「那我們去餐廳吧。」

「餐廳有開？」

莉娜不是詢問盯著深雪看的泉美，而是香澄。

「菜色比平常少，不過有開喔。」

即使突然被搭話，香澄依然立刻回答。

即使放暑假，餐廳也有許多學生光顧。不過考慮到現在是剛過中午十二點的時間，校內也是人來人往的，這種事或許不值得驚訝。

深雪入學至今將近兩年半，一高學生也差不多該習慣了吧。

不過今天學生們看見深雪身影的瞬間，依然屏息看得入神。不，是看到著迷。

而且認出她身後那位是莉娜之後，眾人對兩人旗鼓相當、對比鮮明的美都不禁讚嘆。

反倒是深雪與莉娜早已習慣這種場面。兩人自然而然無視於集中過來的視線，在供餐台接過自動機調理的午餐，端著托盤移動到餐廳中央偏內側的餐桌。

這一桌的一群男學生剛好端著托盤起身。其中體格特別壯碩的一名男生，一轉身就做出狐疑表情。

「深雪同學。」

「西城同學。」

深雪與雷歐同時叫出對方的名字。

「西城同學，難道你也來幫忙準備交流賽？」

「既然說『我也』就代表……不對，妳是學生會長，所以當然會來吧。」

雷歐逕自理解之後說下去。

「幹比古與艾莉卡也有來喔。」

「艾莉卡也有來？」

「那傢伙姑且也有愛校心吧？」

深雪發出優雅的笑聲，沒有多說什麼。

「居然講這種話，我要不要去向艾莉卡告狀？」

「喂喂喂，莉娜，不能這樣吧？」

不過莉娜在一旁吐槽，雷歐毫無顧忌地回嘴。即使存在一年以上的空窗期，達也的朋友們也已經將莉娜視為「同伴」接納了。

「那麼深雪同學，晚點見。妳也會參加準備會議吧？」

「嗯，預定會去。」

「再見（Later）。」

深雪微微一笑，莉娜輕輕揮手。

心動笑開懷的不是雷歐，是和他一起的學生們。

「什麼準備會議？」就坐的莉娜看著雷歐他們離開的背影，沒設定對象這麼問。

「今天的議題是選拔參賽選手。」

回答的是泉美。另外四人當然不是沒理會莉娜，單純是泉美反應最快。

「原來還沒決定啊。」

深雪的細語不是在問原因，是自言自語。

「因為不知道是否真的能舉行。」

不過穗香大概是將這句話解釋成詢問，在旁邊這麼回應。說到各人座位的位置，從走道開始依序是泉美、深雪、穗香，另一側是香澄、莉娜、雫。

「你們把選拔拖到現在？」

莉娜的聲音隱含批判之意。

「預選的成員都有練習。」

雫大概將莉娜這句話解釋為「沒練習不要緊嗎」，出言反駁。

「直接用這些成員不就好了？」

「祕碑解碼每隊三人，練習需要兩隊以上。」

「啊啊，說得也是。那就是從中決定正規選手是吧？」

莉娜這麼推測很自然，但穗香沒肯定。

「並不是這樣決定的喔。畢竟也有學生因為各種原因沒辦法參加練習。」

穗香看著莉娜的視線，不時瞥向深雪。

「例如達也？」

即使不是莉娜，應該也很容易推理出這個視線的意義吧。

「雖然很可惜，但是達也大人不可能的。因為他很忙。」

深雪有點落寞地回應穗香的瞥視。

「這樣啊……說得也是。」

「說不定可以」的期待被明確否定，穗香垂頭喪氣。

「首先，我認為別校學生會抗拒。」

「也對。」

「我也這麼認為。」

對於深雪冷靜（恐怕和她自己的情感完全相反）指出這點，雫與香澄接連表示同意。

「這是沒辦法的，深雪學姊。司波學長如今是世界最強魔法師之一，名聲太過響亮，已經不方便參加高中生的競賽了。」

對於泉美來說，她本來非常不願意稱讚達也。

但此時在她的心目中，安慰深雪的心是優先事項。

「我知道的。泉美學妹，謝謝妳。」

「啊嗚！您這樣道謝，我承擔不起……」

泉美沉浸在自己的世界，眾人都識趣不去打擾。她的事交給深雪處理，莉娜向穗香與雫詢問交流賽的細節，話題由此衍生到去年的九校戰，香澄也加入一起暢談。

◇　◇　◇

深雪等六人回到社團聯盟總部時，祕碑解碼交流賽的選手選拔會議正要開始。

主持人是社團聯盟總長五十嵐鷹輔。負責記錄的學生會書記三矢詩奈坐在五十嵐旁邊座位。

開會成員包括幹比古、雷歐，而且如雷歐所說，艾莉卡也是意外的與會者。察覺深雪視線的艾莉卡輕輕揮手回應。

「司波會長，不好意思勞煩妳特地過來。」

看見深雪的五十嵐畏縮不已。

「身為學生會長可不能漠不關心。別在意我，請開始吧。」

「啊，好的，說得也是。」

在深雪催促的狀況下，五十嵐宣布會議開始。

「在進行具體議論之前，要先通知各位一件事。」

宣布開會之後，議長五十嵐發言了。

「先前和別校代表協議的結果，本次的交流賽將會謝絕十師族血統的人員參賽。」

場中頓時騷動起來，不過立刻平息。沒人特別提問或抗議。與會的所有人都露出「這是沒辦法的」接受這項決議。

「那麼請提名候選人。」

不接受自薦。這次在事前決定只能由他人推薦。

立刻有人舉手。

雖說是預選隊，卻已經重複練習許多次，候選人的範圍已經縮小到某種程度。

首先提名的是去年也以選手身分參賽的幹比古。

接著被推薦的是主持會議的五十嵐。他雖然有懦弱的一面，但是一高學生都認同他的實力。只是因為高年級或同年級有更厲害的學生，所以至今沒有上場活躍的機會。

接下來提名的是森崎。剛入學那段時期，他容易誤解與做事徒勞無功的特質引人注目，不過從一年級暑假結束之後就收起虛張聲勢的壞習慣，同時開始發揮自己以精湛技術運用魔法的原本長處。如今即使魔法容納力與干涉力較差，他以技術力來彌補也綽綽有餘，結果贏得「一高首屈一指的技巧派魔法師」這樣的評價——他自己是否樂於接受這個評價就另當別論。

「五十嵐，我可以說句話嗎？」

被推薦也得到眾人發言支持的森崎舉手起立。

「我很高興獲得推薦，但我不適合擔任一高代表。」

某人發言「沒那種事」，但是森崎沒退讓。

「我很清楚自己的實力。我能力不足。」

「你想推薦其他學生嗎？」

聽到五十嵐這麼問，森崎回答得毫不遲疑。

「我認為西城比我合適。」

「我？」

雷歐指著自己尖聲說。當年雷歐與森崎剛入學就引發一陣風波，但現在兩人之間已經沒有心結。就算這麼說，雷歐想都沒想過森崎會親口提名他為候選選手。

「西城在新人賽有實績，也慣於和吉田聯手。我認為比起我上場，他會留下更好的結果。」

「不，等一下。新人賽那次是因為達也為我準備妥當啊？硬化以外的魔法我都不太行，按照祕碑解碼的規則，我原本不可能打出滿意的成績。」

雷歐不是謙虛，是由衷表態拒絕。

「你兩年前不就打出成績嗎？拿手魔法的問題，使用同樣的演算裝置就能解決。」

但是森崎不接受。他還是認真認為雷歐適合成為選手。

「不不不，那次是使用出乎對手意料的奇襲，所以才行得通。如果知道我要參賽，各學校應該都會擬定對策喔。」

「就算這樣，我也認為西城比我合適。」

雷歐與森崎，雙方都沒有退讓的意思。

此時五十嵐插嘴了。

「西城同學，森崎同學的意志看來很堅定。我也理解你的說法，但你可以妥協參賽嗎？」

「雷歐，我很清楚你的長處與短處。但我也還是認為你的實力足以代表本校參賽大顯身手。聚集在這裡的人們肯定都持相同意見。」

這是劍術社社長相津的發言。看來他也贊成雷歐參賽。

「不，就說等一下了。我並不是不肯參賽，但如果不必考慮拿手魔法的類型，有一個人比我更適任吧？」

「西城同學，你要推薦誰？」

對於五十嵐這個問題，雷歐毫不猶豫回答。

「艾莉卡。」

「啊？我？」

艾莉卡的驚訝程度超過剛才的雷歐。簡直是鴿子被玩具槍打中般驚慌失措。

「雖然承認這種事讓我火大，但艾莉卡的戰鬥經驗遠超過我。她不像無法使用遠距離攻擊的我，擁有發射無系統斬擊的招式。雖然真的讓我火大，但她肯定比我更能成為戰力。」

雷歐重複說兩次「讓我火大」，由此可見他是發自內心說真話。

「但她是女生啊？」

「女生有什麼問題嗎？」

五十嵐基於常識的反駁，被雷歐如此反問。

「問我有什麼問題……」

五十嵐大概沒想到雷歐會這樣反問吧。在他不知所措的時候，雷歐繼續發言。

「祕碑解碼是禁止直接接觸的競賽。就算女生上場也不奇怪。只限男生有資格上場是九校戰的規則吧？」

「說得也是。大學也會舉辦女生的比賽。」

「沒錯。我在美國也看過男女混合賽。」

雫與莉娜為雷歐的論點作證。

此外，莉娜說的「在美國」其實是「在美軍的訓練」，不過這種事不必在這裡說明。

「五十嵐同學，我可以說句話嗎？」

幹比古禮貌舉手。

「請說。」

「九校戰確實有女生的競賽項目，女生也有上場的機會，不過這次的交流賽因為時間不足，只能準備祕碑解碼這個項目。」

在五十嵐的引導之下，幹比古加入議論。

「這場交流賽明明是代替中止的九校戰，但如果按照以往的規則，將會排除女生參加。我並不是要裝好人，但我很在意這一點。」

與會者們點頭回應幹比古的發言。不只是參加會議的女生，在場也有許多男學生紛紛做出相同動作。

「我們學生自己企劃的交流活動，必須確保女生參加的機會。基於這個意義，我認為讓艾莉卡參賽是好事。」

幹比古的論點使得場中氣氛改變。也有數人出聲贊同。

「……千葉同學，妳覺得呢？如西城同學所說，祕碑解碼禁止身體上的接觸，但依然是經常有人受傷的競賽。九校戰沒有女子組的比賽，我認為也是考慮到這一點。」

聽到五十嵐這麼問，艾莉卡起立環視眾人一圈。

「我個人比較不喜歡『禁止近身戰』的這項規則就是了。」

說到這裡，艾莉卡露出大膽無懼的笑。

「所以？」

「要我參賽也可以喔。和另外四人一起。」

「另外四人？」

「吉田同學。」

艾莉卡不是以「Miki」，而是以名字稱呼幹比古。

「五十嵐同學、森崎同學，還有那邊的笨蛋。」

「喂，妳這傢伙！這個稱呼是怎樣啊！」

雷歐在一搭一唱的時間點反嗆。雖然當事人聽到應該會不高興，不過這兩人簡直就像結成十年以上的諧星搭檔。

「啊，抱歉。不是笨蛋，是野獸。」

「妳以為這樣就算幫腔嗎？」

「經常會受傷吧？那就需要替補成員對吧？」

「別把我當空氣！聽我說啊！」

「我想想……」

「五十嵐同學，我也可以發言嗎？」

交互看著艾莉卡與雷歐狂冒冷汗的五十嵐聽到深雪開口，露出「在地獄遇見佛祖」的表情立刻回應。

「好的，會長請說！」

「艾莉卡說的沒錯，我認為成員人數不必限制為上場規定的三人。不分先發或替補，每場比賽都從可以替換的選手選人組隊，用這種方式不是很好嗎？」

「好的，說得也是！」

大概是想盡量分心不去注意艾莉卡與雷歐兩人，五十嵐的聲音力道很重。

「如果各位同意這麼做，要不要也和別校討論看看？包括女性選手上場這件事，我認為最好先徵得各校同意。」

「我認為您說的沒錯！」

五十嵐以像是被泉美附身般的態度（不過當然沒附身，泉美就坐在深雪身旁），立刻將深雪的提案送交決議。

表決的結果是全票通過。

艾莉卡是否在祕碑解碼上場，等到和別校協調之後再進行最終決定。

「啊，我忘記說一件事。」

沒在這時候斷然結束這個議題，也很像艾莉卡的作風。

「我對道具很講究的。俗話說『弘法揮毫不挑筆』，但我不是弘法大師，所以這方面我要任性一點喔。」

「哎呀，艾莉卡，這句話依照另一派的說法，意思是到了弘法大師這種程度，擁有的筆全都是極品，所以不必特別挑筆喔。」

「啊，是嗎？那就由學生會長掛保證吧。」

「請您不用擔心。」

一名個頭較小的男學生站起來，回應艾莉卡挑釁般的這句話。

艾莉卡認識這名白金色頭髮加上銀色雙眼的學生。

「千葉學姊的演算裝置由我們負責做到最好！」

隅守賢人。在去年九校戰擔任達也助手的二年級學生。

「這樣啊。期待你們的表現。」

這次艾莉卡真的滿意地笑了。

一高開始進行交流賽選手選拔會議的時候，看家的水波通知達也有人打電話找他。

「哪裡打來的？」

水波在內線視訊電話露出抱歉般的表情，詢問的達也沒將不祥的預感寫在臉上。

『是魔法協會關東分部的百目鬼分部長打來的。』

「幫我接通。」

『遵命。』

達也內心只冒出不耐煩的情緒，卻還是對水波如此下令。

隨著這個聲音，年過五十的精瘦男性出現在畫面。

『你是司波達也吧？我是魔法協會關東分部的百目鬼。』

不知道是基於魔法協會分部長這個地位，還是生性重視輩分倫理，百目鬼語氣毫不客氣。

「我是司波。所以請問有什麼事？」

如果是以前的達也，即使面對這種對象，也會客氣應對避免造成風波吧。但他現在的立場變

了。已經有各式各樣的人接近他想利用他的知識與名字。達也刻意以愛理不理的語氣反問，以免造成百目鬼的「誤解」。

『聽說你回東京了，我們協會想直接問你一些事。』

百目鬼讓不悅顯露在表情上。看來他是「好懂」的人種。

「這樣啊。我知道了，請問吧。」

達也的回應明顯惹惱百目鬼。

『我說過要直接問吧？後天到關東分部報到。』

即使如此，他看來還是通達事理，沒在這時候破口大罵。百目鬼依然以毫不客氣的語氣，命令達也前來他們所在的地方。

「有什麼問題請在這裡問。」

『我說過要直接問！不想用電話解決！』

但是百目鬼的耐心立刻用盡。

「就說了，我會直接在電話裡回答。不過當然只限於『可以回答的範圍』。」

反觀達也一如往常，繼續只以表面上的話語客氣進行問答。區區的日本魔法協會關東分部長語氣再差，對於現在的達也來說也不痛不癢。

『你要拒絕接受傳喚？魔法師毫無例外都隸屬於協會喔。』

百目鬼的語氣變得暗藏恫嚇。

只是這種程度的威脅，達也的應對當然不會改變。

「我知道。依照這個國家的法律，取得魔法師證照的人都隸屬於日本魔法師協會，和本人的意願無關。這項規定也適用於還沒取得證照的魔法大學附設高中學生。」

達也以讀稿般的語氣回答，百目鬼哼聲點頭。

『一點都沒錯。而且既然是隸屬於協會的魔法師，就有義務遵守傳喚命令！』

「不能只因為對方是魔法師就無條件下令傳喚。日本魔法協會沒有這種權限。」

『什麼？』

百目鬼像是中了冷箭般啞口無言。

「如果想強制我前去報到，請按照程序進行。」

達也趁機提出這個中肯論點。

剛好在這個時候，畫面一角顯示內線來電通知。

「我失陪一下。」

『喂，等一下！』

達也無視於百目鬼的制止而保留這通電話，切換為內線通話。

『抱歉在您通話時打擾。』

在達也回應之前，水波就在畫面中向他開口。

「怎麼了？」

『本家的葉山大人打電話來。您意下如何？』

「請他稍等一下。我立刻結束現在這通電話。」

「遵命。」

達也將視訊電話切回和魔法協會的通話。

「讓你久等了。」

『喂，我說你啊，就算稍微變得有點名氣——』

達也沒將百目鬼的抱怨聽完。

「傳喚的部分改天再說。看來您沒有別的事情，我先告退了。」

『我叫你等一下！話還沒——』

達也按下視訊電話的通話鍵。按下這個按鍵的功能是在鈴響時接通，或是在通話時掛斷。

螢幕切換為保留中的內線影像。

「水波，幫我接通。」

『好的，馬上完成。』

達也簡潔下令之後，水波也沒多說什麼，操作視訊電話。

『達也大人，抱歉在您通話時打擾。』

葉山和魔法協會的百目鬼成為對比，以伴隨敬意的客氣語氣向達也搭話，也以毫不敷衍的態度行禮致意。

「不，沒問題。已經講完了。」

『方便請教是哪一位打電話來嗎？』

「是魔法協會。說想問我一些事，要我去協會報到。」

『喔……魔法協會傳喚四葉家直系的達也大人啊。對方是十三束會長？』

葉山以客氣卻冰寒徹骨的語氣問。這股情緒當然不是朝向達也，是對於魔法協會的蠻橫說法感到不快。

此外，他說的「十三束會長」是魔法協會現任會長十三束翡翠。她是達也與深雪的同學——十三束鋼的母親。

「不，是百目鬼分部長。」

『關東分部長……那麼達也大人您是怎麼回應的？』

「我拒絕了。以我現在的立場，要是被當成隨傳隨到也不是什麼好事。」

『屬下認為這是很好的判斷。』

葉山隱約但恭敬地低頭致意。

「所以葉山先生您找我有什麼事？」

『喔喔，恕屬下失禮了。其實有人提到想在師族會議詢問達也大人一些事情。夫人吩咐屬下徵詢達也大人您是否願意出席會議。』

「既然姨母大人……更正，母親大人判斷應該出席，我當然會出席。」

達也口誤說成「姨母大人」是故意的。這是表明他知道自己的立場是假的，沒有真正被認同是當家的兒子。

畫面中的葉山乍看沒察覺達也口誤。

『那麼請您參加明天上午十一點舉行的臨時師族會議。場所在金澤的加賀大門飯店。』

「明天十一點是吧，知道了。」

達也很不巧地沒聽過「加賀大門飯店」這間飯店，不過既然在金澤，飛過去不用兩小時。不必使用飛行車或解放裝甲，由如今成為達也專屬管家的花菱兵庫開直升機過去就好。

在這種時代，飯店總不可能沒有直升機停機坪吧。萬一真的沒有也只要用魔法降落就好。

達也在腦中如此盤算，點頭回應葉山的話語。

◇◇◇

達也是在吃晚餐的時候和深雪、莉娜見面。她們兩人在更早一點的下午五點前就返家，不過達也一直待在地下的研究室。

「事情變得挺有趣的。」

聽到艾莉卡獲選為選手，達也說出這個感想。

「一高也變了好多。」

「嗯，真的……」

「我也這麼認為。」

浮現在三人腦海的是兩年前，他們一年級時的一高氣氛。如果是那個時候，確實無法想像女性二科生代表學校參加九校間的交流賽。

「不過真意外。沒人提名十三束嗎？」

雖然是不同項目，但十三束鋼也參加了去年的九校戰，是現在三年級學生中的頂尖高手。達也感到疑惑也是理所當然。

「十三束同學本人預先婉拒了。因為他說想要參加月底舉辦的魔法格鬥武術公開賽。」

但是達也的疑問立刻以深雪的回答消除。運動型魔法競賽的全國大賽，往年都是在九校戰結束之後安排日期舉行。十三束將全國大賽的優先順序擺在祕碑解碼前面也不奇怪。

達也只說句「原來如此」點點頭，沒繼續聊十三束的話題。

「話說回來，艾莉卡參加祕碑解碼嗎？挺吃力的……」

「是嗎？但我覺得以艾莉卡的實力水準，就算在STARS也吃得開喔。」

聽到達也輕聲這麼說，莉娜提出反駁。

「我知道艾莉卡的實力。莉娜，艾莉卡比兩年前強很多喔。」

「真的假的？她兩年前就已經強到連衛星級都打不贏她耶，那就更不必擔心了吧？」

莉娜露出打從心底無法接受般的表情。

「因為祕碑解碼不是實戰，是運動競賽。」

「換句話說是什麼意思？」

莉娜微微歪過腦袋。

「莉娜，哥哥的意思是說，祕碑解碼的規則不適合艾莉卡。」

回答這個疑問的是深雪。

「難道說，日本的規則和美國的規則不一樣？」

「日本規定禁止身體上的接觸，也禁止以身體直接操縱道具攻擊。美國不一樣嗎？」

「這是怎樣？依照這種規則，擅長近身戰的魔法師不就單方面吃虧了？」

莉娜不只是傻眼，還略為不滿地噘嘴。

「在美國沒禁止近身戰吧？」

「美國只禁止具有殺傷力的武器。可以使用沒開鋒的劍或是沒貫穿力的弓箭，空手格鬥當然ＯＫ。不然就沒辦法當成訓練了吧？」

聽到深雪這麼問，莉娜向她說明ＵＳＮＡ軍中使用的規則。

「因為祕碑解碼在日本不是軍方舉辦的比賽。」

達也聽完說明，指出日本與美國的差異。

「喔～～這樣啊。日本的祕碑解碼真的是運動項目耶。達也剛才說的原來是這個意思。」

莉娜終於露出可以接受的樣子。

「可是哥哥，艾莉卡充滿幹勁喔。」

這次是深雪向達也提出疑問。

「嗯……看來她心裡有譜。但是不提艾莉卡的想法，以前沒有女性選手上場的例子，規則上也需要某些應對吧。」

達也說到這裡花了一點時間思考。

「……記得依照大學的規則，女子組的比賽准許使用內建反物資護盾魔法的防禦用武裝演算裝置。至少在護具的部分需要優待吧？畢竟別校應該也會有女性選手報名。」

「您認為別校也會有女性選手上場嗎？」

「因為九校戰沒了。也想給女生活躍機會的人，男學生反倒比女學生多吧？」

達也這番話使得深雪露出「原來如此……」的佩服表情點頭，莉娜則是半信半疑回以「是這樣嗎……」的低語。

八月十一日，星期日的早晨。達也正要出發參加在金澤召開的師族會議。

照慣例都會在這裡上演一段爭執，但今天沒有。受命看家的深雪沒央求達也帶她一起去。

「哥哥，路上小心。」

深雪相當懂事的這份態度，使得達也感到疑惑。但他沒將想法寫在臉上。

「今天不知道會花多少時間。我不在的時候應該不會發生任何事，但是如果收到巳燒島的緊急聯絡就透過兵庫先生通知我。日本或美國政府有事找我的話，就由妳判斷要不要叫我。不必理會魔法協會或媒體。」

「知道了，請交給我處理。」

「莉娜、水波，深雪拜託妳們了。」

「嗯，交給我吧。雖然這麼說，但我能做的也只有護衛就是了。」

「遵命。深雪大人的大小事請交給屬下。」

「那我出發了。」

深雪與水波鞠躬，莉娜將右手食指與中指伸直舉到臉前輕輕一晃，目送達也坐上直升機。

直升機起飛，樓頂的停機坪回復寧靜。

踏出腳步要回到屋內的莉娜，停下來轉身看向深雪。

「深雪，今天妳沒陪著一起去沒關係嗎？」

「今天有點……」

深雪微微皺眉，含糊其詞。

「咦，怎麼了？有什麼原因嗎？」

這是深雪不想被追問的暗示，可惜對今天早上的莉娜行不通。

深雪輕輕嘆了口氣。

「……我還不想和一条家的當家見面。」

大概是沒那麼抗拒說出原因吧，深雪頗為乾脆地回答莉娜。

「真稀奇，深雪居然會講這種話。」

「這是今年一月發生的事……一条家的當家差點阻撓我和哥哥訂婚。後來發生各種事，如今已經不了了之，但是對方或許認為『這件事還沒談完』。所以……」

「我不知道是什麼事，但妳擔心直接見面可能會舊事重提？」

「就是這樣。尤其這次的開會地點是在一条家的勢力範圍。」

「是喔，原來如此。」

莉娜重新踏出腳步，進入大樓。

看起來像是心情多變的灑脫舉止，使得深雪與水波相視苦笑。

◇◇◇

獲選為臨時師族會議會場的「加賀大門飯店」，位於前石川縣金澤市與前富山縣南礪市界線聳立的大門山山腳，是新落成的飯店。

手錶錶面顯示時間是上午十點半。距離飯店約十分鐘路程的停機坪已經停放了五架直升機。

昨天打電話給飯店的時候就已經以師族會議的名義預約使用停機坪，所以即使大家都搭直升機過來也不會無法降落吧。或許就是因為停機坪如此寬敞才選擇這間飯店為會場。大概是從顧傑襲擊的箱根會議受到教訓，這次比起保密性更重視移動方式。

先停放在停機坪的直升機共五架。正常來想，已經有五人比達也先到。不過達也與兵庫抵達飯店之後，被帶進一間無人的房間。

「看來各家的當家大人都不希望被人搶先。」

飯店職員離開之後剩下兩人的房內，兵庫以酸溜溜的語氣朝著坐在古典風格沙發的達也說。

這個房間很可能遭到竊聽，但是達也沒責備兵庫。

「但是這邊並沒有做什麼虧心事。」

達也理直氣壯地這麼說。這不是逞強也不是裝傻，達也內心真的不抱半點愧疚。

達也認為這次的傳喚，應該是關於一週前巳燒島戰鬥結束後，他對全世界發布的那段訊息。大概想抨擊達也做出任性的舉動吧。

十師族的基本方針是不正式曝光。據說五輪澪列為國家公認戰略級魔法師的時候，十師族內部也產生意見的對立。

就算這麼說，達也也不打算乖乖挨罵就是了。

這個房間裡備有簡餐。不過現在距離上午茶時間還有點早。何況達也根本沒有享用上午茶的習慣。他只喝著保溫壺備好的紅茶等待會議開始。

「打擾了。」

「請進。」

開門入內的不是飯店職員。

雖然控制想子沒外洩，但他是魔法師。而且是實力達到實戰等級的戰鬥魔法師。

可惜不像熱門的虛構作品那樣「看屬性就知道所屬組織」（說起來魔法師沒有「屬性」的分別），所以光看也看不出他屬於哪個組織，不過考慮到這裡是金澤，他很可能是一条家的人。

「會議準備好了。各位都在等您，請容在下為您帶路。」

「各位已經到齊了？」

「是的。所以請儘快和在下一起過去。」

「知道了。」

看來我果然站在被告的立場。達也如此心想。

但他只是這麼想，沒抱持其他情感，跟在引導員的身後前往會場。

「請進。隨行的先生請在這裡等候。」

「兵庫先生，深雪可能會聯絡，請在這裡稍候。」

「遵命。請慢走。」

在兵庫目送之下，達也進入會議室。

背後傳來關門聲。達也置若罔聞，只移動視線環視室內。

桌子排成正方形，靠近門的這一側沒坐任何人。

達也所見左邊那排桌子的後段坐著兩人。由外而內是一条剛毅、二木舞衣。

正前方的桌子坐著五人。由左而右是三矢元、四葉真夜、五輪勇海、六塚溫子、七草弘一。

達也所見右邊那排桌子坐著三人。由內而外是七寶拓巳、八代雷藏，以及唯一站起來迎接達也的十文字克人。

代表日本的魔法師集團——十師族當家齊聚一堂。

「那麼，開始進行臨時師族會議。」

大概因為是自己的勢力範圍，由一条剛毅宣布開會。

不過他看來不是議長。

「事不宜遲，我想請問司波先生。」

首先發言的也是一条剛毅。

「請稍等一下，一条閣下。司波先生還沒坐下。他不是被告，我們也不是法官。應該先請他坐下吧？」

出言制止剛毅的是克人。他就這麼重新面向達也開口。

「司波先生，請就座。」

「謝謝。請容我恭敬不如從命。」

達也只向克人行禮之後坐下。克人確認之後也就座。

「司波先生，可以了嗎？」

發言被打斷的剛毅就這麼皺著眉頭，以強力施壓的語氣詢問達也。

「好的。請儘管問。」

達也轉頭看向剛毅，就這麼挺直背脊催促他說下去——沒因為剛才短暫無視於剛毅而道歉。

大概是對達也這種態度心生不滿吧。

「我要問一週前的事。你那麼做到底是什麼意思？」

剛毅明顯以找碴的態度質詢達也。

「一週前？如果是本月四日那件事，我只是面對不當的武力攻擊進行反擊。」

「不是這件事。」

「當時我不該反擊嗎？您的意思是不認同我為了自衛而動用武力？」

「我沒這麼說！」

「那麼關於我擊退USNA的侵略部隊、破壞新蘇聯的基地以及抹殺貝佐布拉佐夫都沒問題吧？」

「當然！國防甚至是魔法師的義務！」

「謝謝您。」

「……謝我什麼？」

「謝謝您理解我的行動。戰鬥結束之後的訊息也是為了國防而發布的。在那個時間點，我不只是對巳燒島及其周邊海域，也就是對日本的領土與領海發動攻擊，還對新蘇聯主權下的領土發動攻擊，我必須將這些攻擊行動正當化。不然的話，攻擊比羅比詹基地與抹殺貝佐布拉佐夫的行為，恐怕會被批判是日本進行的非正規攻擊。」

「……意思是你為了去除後顧之憂而先發制人？」

「我認為只要那麼說，即使在最壞的狀況，新蘇聯及其黨羽的矛頭也只會朝向我一個人。」

「唔……不，可是……」

剛毅絕對沒接受這個說法。但他找不到反駁達也的破口。

剛毅忍不住環視其他當家們。他自己沒意識到這是請求支援的舉動。

「司波閣下，我有一個疑問。」

回應剛毅視線的是七草弘一……或許不是「回應」，形容為「搭順風車」比較正確。

「若要闡述反擊的正當性，不是也可以透過國防軍通知各國政府嗎？司波先生不必表現得這麼高調吧？」

弘一的指摘顯然是狡辯。說起來，正是因為國防軍不採取行動，達也與深雪才不得不奮鬥。對新蘇聯飛彈基地的反擊完全是達也獨斷進行，很難想像國防軍會幫忙說話。輕易就猜得到國防軍會佯裝不知情，聲稱破壞飛彈基地與暗殺貝佐布拉佐夫的行為和日本政府無關。

「我會將七草閣下的指摘用為下次的參考。」

但達也沒反駁。他咄咄逼人的回答，使得老奸巨猾的弘一驚呼「什麼……」瞬間變了臉色，在下一瞬間收起表情閉口。

「你說這是什麼話！」

剛毅代替弘一發火。

「一条閣下，請冷靜。」

回應剛毅的不是達也，是坐在正對面的八代雷藏。

「司波先生沒說錯什麼。對全世界發布的那段自衛宣言，是已經發生的事，也就是已經結束的事。即使提出替代方案，也只能當成下次類似事件的參考吧。」

雷藏難掩不耐的表情對剛毅這麼說。

「前提是還會發生類似的事件。」

最後以挖苦的語氣補充這句話。

剛毅漲紅臉孔沉默不語。其實弘一之所以閉口，就是因為自己想到雷藏所說的論點。

「國家公認戰略級魔法師不是公職，但是其力量必須由政府的決定來使用。也就是和軍隊一樣，堪稱是國家機構之一。」

三矢元突然改變話題，大概是想試著緩解「當家之間」的不和氣息。

「考慮到影響的層面，未經公認的戰略級魔法師也應該站在相同立場。魔法師原本就受人畏懼，戰略級魔法師可說是箇中之最。如果世間得知戰略級魔法師不受公權力的控制，即使這份恐懼基於誤解，呼籲排除魔法師的聲浪應該會更加強烈吧。」

同意元這番話的視線朝達也集中。

「然而在這次，司波先生讓世界看見民間魔法師擁有匹敵國家的軍事力。換句話說，證明了魔法師能夠行使政府無法壓制的暴力。」

達也理解集中在自己身上這些嚴厲視線的意義。

他們認為達也這次的所作所為，使得人們將魔法師視為無法對付的危險怪物。他們害怕這個結果導致魔法師今後受到更嚴重的迫害。

如同童話裡的龍，只因為危險就被人類團結起來誅殺。

「十師族這個組織是要保護魔法師『生而為人的權利』。如果魔法師只因為是魔法師就遭受迫害，我們必須去除造成這個可能性的危險因子。」

嚴厲的視線集中在達也身上。

但是達也面不改色。

話是這麼說，他的內心卻也不像外表那麼泰然自若。

他內心的情感不是愧疚，是寧靜的憤怒。

三矢元所說「保護魔法師『生而為人的權利』」這句話惹他不高興。甘於魔法師被迫擔任兵器的現狀，卻說出「生而為人的權利」這種話，達也覺得這種人只是偽君子。

「司波先生，有件事我想在這裡確認。」

「請問是什麼事？」

這次面對三矢元的視線，達也不是承受，而是反抗。

氣氛愈來愈緊張。

「二〇九五年十月三十一日，毀滅大亞聯盟艦隊的魔法是你施放的吧？」

元暗示自己以前就知道達也是戰略級魔法師，這次他以強硬態度正面求證。

達也看向真夜。真夜點頭回應。

兩人已經不再隱瞞這種互動。

「是的。」

對於三矢元的問題，達也回以肯定。

「我依照國防部的命令，使用了質能轉換魔法。」

「質能轉換魔法？原來真實存在嗎……」

雷藏以難以置信的語氣輕聲說。

這麼想的不只雷藏一人，卻沒人對他的呢喃起反應。

雷藏自己的好奇心，也立刻回頭聚焦在達也與元的對決。

「依照國防部的命令是吧。如果當時政府承認你是新的『使徒』，大概就不會造成現在這種狀況……」

元自言自語般述說感想。他所說「使徒」這個名詞，指的是國家公認戰略級魔法師，源自十三名國家公認戰略級魔法師的別名「十三使徒」。

「司波先生，你今後也願意聽從國防軍的命令嗎？」

元將注意力從自己內心移回正在面對面問答的達也，如此詢問。

「現在的處境和當時不一樣了。我可能會答應國防軍的要求，但已經不會服從命令。」

「方便請教原因嗎？」

七寶拓巳插嘴問。他的語氣比三矢元溫和，但是眉心深鎖。

達也看向真夜。

真夜淺淺揚起嘴角，微微點頭。

「因為我和國防軍的信賴關係損毀了。」

確認真夜許可之後，達也回答拓巳。

「信賴關係？司波先生，記得你才十八歲吧？不過除了『灼熱萬聖節』，你和國防軍之間還一直保持某種關係嗎？」

拓巳的聲音與表情混入困惑。

「我以非正式軍人的身分從事軍務約四年。從法律層面來看，算是長久以來隨時接受軍方指揮命令的義勇兵吧。摧毀大亞聯盟軍隊也是基於這個身分受命採取的行動之一。」

「……國防陸軍一〇一旅，獨立魔裝大隊。」

弘一自言自語般輕聲說。

聲音雖小，但是所有人都聽到了。

「是的。」

達也的回應承認了他曾經隸屬該部隊，所有人也都聽到了。

「雖然我自己這麼說不太好，但是如果沒有我，兩年前和大亞聯盟的戰爭，將會以日本難以承擔的結果收場吧。除此之外，我也對至今貢獻過不少功績引以為傲。」

「即使如此，你卻被國防軍背叛是吧？」

三矢元這麼問的意圖，是要將他們和佐伯少將之間出現對立的原因推托為是達也藏匿莉娜所致，將責任推到達也身上，以這種論點將風向扭轉成對他們有利。

「六月九日，貝佐布拉佐夫以水霧炸彈偷襲當時位於伊豆的我們，不曉得各位是否記得。那次襲擊的相關情報，國防軍已經事先掌握。」

但是元的如意算盤落空了。莉娜逃亡是六月十九日的事。如果達也這番話是真的，首先損害信賴關係的是佐伯這邊。

「這是確定的事實嗎？」

「是已經確認的事實。」

對於雷藏的詢問，達也以堅定態度如此回答。

「我不認為自己受到不講理的對待。但是他們的做法不妥。」

達也將視線範圍擴大到同時看向所有人。

「古人說過，狡兔死，走狗烹。即使發誓絕對服從政府，要是被認定為危險人物，政府別說庇護，甚至會積極排除吧。這就是政治的現實面。」

毫無反應。所有人都明白這種程度的道理，無須重新說明。

「希望各位別誤會，我不打算積極和政府對立。不過，全面依賴政府是危險的行為。為了保護魔法師『生而為人的權利』，我認為不能無條件服從政府，保留一些交涉材料才是上策。」

達也說完，明顯將視線固定在三矢元的方向。

「……你想說什麼？」

大概是感覺被挑釁，元的語氣暗藏敵意。

「我認為戰略級魔法是對政府有效的交涉材料。」

達也這句話是正面反駁三矢元「戰略級魔法師應該納入政府管理」這個意見，也是明確向贊同三矢元的當家們表明自己「不會屈服於同儕壓力」的意志。

「……這是你個人的想法。」

元以百般無奈的語氣回嘴。

「不，我也贊同司波先生的想法。」

不過，這時候出現擁護達也的聲音。

不是真夜。也不是和四葉家——應該說和真夜同一國的溫子，更不是從剛才就對剛毅與元展現批判態度的雷藏。

出聲的是五輪勇海。

「既然司波先生是摧毀大亞聯盟艦隊的戰略級魔法師，對國家立下的軍事功績肯定是世界大戰後的一等一吧。即使如此，在遭遇暗殺風險的時候，國防軍卻連警告都沒警告，那就不能全盤信任了。」

「我也認為司波先生的意見很中肯。」

繼勇海之後，七寶拓巳也轉而支持達也。

「反魔法主義的輿論確實應該擔憂。不過要是委由國防軍管理民間魔法師，那麼為了對抗國家權力橫行、保護魔法師人權而組成的十師族，我覺得可能會失去存在的意義。」

「我不認為所有民間魔法師都應該納入軍方管理。」

三矢元急忙反駁。

「我的意思是說，戰略級魔法對社會造成的衝擊太強，應該由政府負起管理責任。」

「因為是戰略級魔法師，所以要乖乖接受軍方管理，這是您的意思嗎？」

五輪勇海加重語氣反駁三矢元。

勇海的女兒澪是戰略級魔法師。她身體虛弱，原本應該避免長距離移動，卻只因為是「戰略級魔法師」，所以在兩年前的十一月被迫搭乘軍艦朝東海出擊。

果不其然，澪回國之後在醫院病床躺了一個多月。幸好沒有生命危險，但是身為父親的勇海還是百感交集吧。

這裡所有人都知道澪住院的事。聽到勇海這個問題，終究沒人敢說「沒錯」。

「閒聊到此為止，差不多該進入正題了吧？」

沉默至今的真夜，在這時候緩緩開口。

「閒聊」這種說法引得剛毅、元、勇海露出不悅表情，卻沒繼續透露內心想法。

因為真夜的指摘是事實。

剛毅與元針對達也的批判，顯露他們懷抱的煩悶心情。雖然不到失控的程度，不過這是任憑情緒驅使，在十師族之間灑下無謂火種招致對立的結果。場中沒人無能到無法自覺這一點。

「達也。」

真夜看起來完全不在乎他們的反感，朝達也開口。

「說明你和USNA交涉的結果吧。包含前天狼星少校的那件事。」

達也立刻回應真夜的要求。

「那麼請容我說明。前天，我和美利堅國防部長隨行祕書官面談，確認我個人不會和美國政府敵對，也確認今後的合作關係。」

聽到達也這段話，會議室一陣驚慌。個人與國家之間成立對等的交易，這違反他們的常識。

「我接受要求，將會提供恆星爐技術。USNA則是出資協助，同時免費無限期出借曾任天狼星少校的安潔莉娜．希爾茲中校。」

達也沒誤解真夜強調「前天狼星少校」的意圖。

「將國家公認戰略級魔法師……出借？不是借給國防軍，是司波先生個人？」

三矢元以哀號般的語氣問。

「是的。會請希爾茲中校隱瞞軍籍身分就讀第一高中。」

「這樣很危險！居然將USNA戰略級魔法師放任在外，甚至不受軍方監視……」

剛毅表露的情感不是憤怒，是困惑。在半個月前，剛毅從佐伯少將那裡得知「安吉．希利鄔斯」藏匿在四葉家。卻沒想到四葉家居然要讓USNA的戰略級魔法師就讀高中。

「沒有放任在外。四葉家下任當家預定會隨時和她一起行動。」

「這樣不會危險嗎？對於四葉家來說，下任當家的安全很重要吧？」

弘一以擔心的形式批判四葉家的處置方式。

「您不必擔心。我也會在遠端監視。如您先前所見，距離對我來說不成阻礙。」

不過達也如此斷言之後，沒人繼續反駁。

達也沒放過反駁中止的這個時機，乘勝追擊。

「USNA政府隱匿安吉．希利鄔斯的真實身分至今。希爾茲小姐是『天狼星』的事實一旦曝光，預料日美關係將會惡化。請各位也徹底控管情報。」

攻防互換，當家們叫達也過來問話，卻以被達也警告的形式收場。

關於先前和印度波斯聯邦的錢德拉塞卡達成共識，要成立魔法師國際聯合組織的構想，達也與真夜都沒提及。

◇　◇　◇

「司波。」

達也一走出會議室，就在走廊被人叫住。

「一条。」

對方是一条將輝。他身旁帶著一名年紀略小，令人覺得不太像日本人的亞裔少女。達也對這名少女有印象。

（劉麗蕾為什麼和一条在一起？）

將輝帶在身旁的少女是大亞聯盟的國家公認戰略級魔法師——劉麗蕾。

「沒有啦，這是因為……」

將輝察覺達也的疑惑視線，略顯慌張。

「我沒要追究就是了。」

達也這句話使得將輝露出安心的模樣。這態度簡直是承認自己做了虧心事，達也忍不住想收回「不追究」這句前言。

但他實際上沒收回。

「……司波，你要回去了？」

「對。」

「可以等我一下嗎？包括她的事，我想和你談談。」

明明達也決定不追究，不過看來是將輝這邊想說明內情。

「知道了。」

一条家長子將劉麗蕾帶在身旁，達也對此冒出的疑問與好奇並未消失。既然對方想說，達也就沒理由拒絕。達也幾乎沒半點猶豫就答應將輝的要求。

反觀將輝大概是沒料到達也馬上點頭答應吧。

「抱歉。」

將輝看起來多少有點吃驚，卻沒浪費時間，他向達也道謝之後，和劉麗蕾一起進入剛才舉行臨時師族會議的會議室。

達也讓兵庫到直升機上待命，在飯店的茶館等待將輝。

大約半小時後，將輝現身了。雖然沒說好要在這裡會合，不過這間店從門廳看過來最顯眼，肯定沒花太多時間找。

「司波，讓你久等了。」

雖然不確定是否堪稱證據，不過走向達也座位的將輝不是說「我找好久了」而是「讓你久等了」。這或許是制式問候，不過將輝看起來應該是從會議解脫之後立刻來找達也。

「不會，你意外早到。要不要先坐？」

在達也催促之下，將輝與劉麗蕾坐在正對面。

「所以，要談什麼？」

達也詢問將輝。

「今天會議的事。我們是為了戰略級魔法師管理條約那件事被叫來。」

說到這裡，將輝露出驚覺疏忽某件事的表情。

「——以你的能耐或許已經知道，不過這個女生是大亞聯盟的國家公認戰略級魔法師劉麗蕾小姐。」

將輝慢了好幾拍介紹身旁的少女，達也點頭回應「我知道」。

「上個月初，她差點被迫扛起新蘇聯敗北的責任而逃亡到日本，基於某些原因暫時收留在一条家。」

將輝接著簡單說明他和劉麗蕾在一起的原因。

「我是劉麗蕾。請叫我蕾拉。將輝先生是這麼叫我的。」

「我是司波達也。」

對於劉麗蕾的自我介紹，達也簡單報上姓名回應。只平淡告知姓名，沒多說什麼。

然後達也以一副完全不關心她的態度（實際上，他目前也暫且不關心比將輝這段說明更深入的事），立刻將視線移回將輝。

「所以，你剛才說戰略級魔法師管理條約？就我猜測，似乎是企圖由政府強制管理非公認戰略級魔法師？」

聽到達也這段話，將輝稍微板起臉。

「我從『企圖』這個詞感受到惡意，不過大致如你所說。你不是也因為這件事被叫來嗎？」

「不，是另一件事。不過看來你是因為條約這件事被叫來。我也可以理解你為何和蕾拉一起行動了。」

聽到達也的回答，將輝有些意外。

「不同於我們的另一件事……？你也沒聽說條約的事嗎？」

「非公認戰略級魔法師，也應該和國家公認戰略級魔法師一樣服從政府的管理。這樣的意見我有聽到。但是會議裡沒提到條約這件事。」

「為什麼……？你也是戰略級魔法師吧？」

「他們只問我一週前那場戰鬥的善後相關事宜。」

達也沒回答將輝的問題。關於達也是質量爆散使用者的這件事，一条剛毅也在今天的會議得知，所以或許不必隱瞞。不過在大亞聯盟軍人的劉麗蕾面前，達也終究不想承認是自己引發了兩年前的那場大破壞。

「所以一条，他們問你什麼？是問你要不要接受這份條約嗎？」

「不，其實我上個月就聽過條約的事。」

「這樣啊。我不知道戰略級魔法師管理條約這東西的內容。方便的話可以告訴我嗎？」

聽到達也的要求，將輝回應「嗯，好啊」點點頭，正確告知兩週前聽佐伯說的內容。

「……你居然願意接受這種內容。」

聽完將輝說明之後，達也以傻眼的聲音說。

「但我認為沒什麼奇怪的地方。戰略級魔法實質上接受政府管理，現在也是這樣吧？」

對於達也的批判，將輝以強硬語氣反駁。

「這份條約是不是佐伯少將提案的？」

達也以相對來說比較克制情緒的語氣詢問將輝。

「啊，嗯……確實是佐伯少將提出的。所以呢？」

「戰略級魔法師管理條約，隱藏了想要降低十師族影響力的計畫。」

達也說到這裡，改口說「不對」微微搖了一下頭。

「——沒有隱藏，而是相當明顯。正因如此，我無法理解你或一条閣下為什麼沒反對。難道是被『戰略級魔法的管理』這個名義蒙蔽雙眼嗎？」

「……什麼意思？」

將輝一臉困惑要求說明。

「在這份條約案，我們該注意的部分，是政府在管理魔法師的時候，認可魔法協會擁有查察權。政府是否妥善管理戰略級魔法師，由魔法協會查察。這麼做的結果，十師族現有戰力與技術的相關情報將被魔法協會掌握。不利於協會的魔法師，協會能基於查察結果向政府提出勸告，以這種形式剝奪其自由或強制凍結其技術。換句話說，日本魔法協會將會君臨於十師族之上。」

「等一下。擁有查察權的不是日本魔法協會，是國際魔法協會啊？」

「說什麼傻話。日本魔法協會是國際魔法協會的下層組織。如果魔法協會要在日本行使查察權，肯定會授權給日本魔法協會吧？而且日本魔法協會是接受政府保護的半政府機構。戰略級魔法師管理條約一旦生效，就會被當成最佳的藉口，用來將日本國內屬於民間魔法師自治組織的十師族完全納入公家管理吧。」

「唔……」

將輝沒質疑「是不是你想太多了」。或許他自己內心某處也嗅到可疑的氣息。

「一条。你該不會是親眼目睹海爆威力之後，認定大規模魔法一定要接受管理吧？海爆是你自己的魔法。不應該被任何人管理，而是必須由你來管理才對。」

這次將輝也無法回以否定的話語。

陷入沉思的不只是將輝。坐在旁邊的劉麗蕾也露出心裡有底的表情看著下方。

看見兩人這個樣子，達也在內心苦笑。他想起自己直到不久之前也由四葉家管理質量爆散。

而且不是制度上的管理，是直接在精神套上枷鎖。想到這裡就覺得自己沒資格對別人說教。

「所以，今天在會議上說了什麼？難道是那份合約簽訂了？」

達也隱藏內心，詢問將輝。

「……唔，不，不是這樣。」

聽到達也這麼問，將輝抬起視線。

「他們問我將來的出路。」

「出路？意思是要念哪間學校嗎？」

過於意外的回答，使得達也這次藏不住吃驚的內心。

他們是高中三年級。將來的出路是切身又實際，恐怕也是最普遍的問題。

不過這種日常話題，居然在討論遏阻力或魔法師權利保護的師族會議提及，完全出乎達也的預料。

「我想拿這個問題問你。司波，你將來怎麼打算？」

「我要就讀魔法大學。」

達也猜不透將輝的真意，總之先回答表面上的計畫。

「但你在魔法大學應該學不到東西吧？就算這麼說，你都已經獨力摧毀新蘇聯基地，我認為你如今就讀防衛大學也沒意義。」

「一条，你說我學不到東西是誤解。我沒自以為是到這種程度。」

「這樣啊……」

「你在迷惘？」

「老實說，對。」

對於達也的反問，將輝略顯猶豫點頭回應。

「直到上上個月，我都打算就讀魔法大學。不過被認定是國家公認戰略級魔法師之後，免不了和軍方深入往來。既然這樣，是不是乾脆成為國防軍的一分子比較好……我在迷惘這件事。」

「應該不是不升學的意思吧？」

「當然不是。即使要從軍，我也會先以防衛大學為目標。」

「你並不是希望我給你建議吧？」

聽到達也這麼問，將輝眼神游移。

「嗯……不對，要說建議的話是建議沒錯。你曾經主動背負起等同於甚至超越戰略級魔法師的軍事職責，這樣的你對於將來出路有什麼想法，我想要拿來當參考。」

「那我的回答就如同剛才說的那樣。我想就讀魔法大學的意願沒變。一条，你單純以自己想做的事情為優先就好吧？」

「可是這樣的話，責任就……」

「責任僅止於擊退敵人就好。『只要你不當軍人』，就不需要履行更多的責任。」

達也以一刀兩斷的氣勢斬斷將輝的疑惑。

「……………」

「一条，我們是魔法師，這是單純的事實。無論誰怎麼說，比方說即使我們自己否定，這個事實也不會改變。但你被當成『戰略級』魔法師，只不過是政府與軍方為求方便所給的稱號。你自己沒有非得成為戰略級魔法師的必然性。『戰略級魔法師』這個頭銜與『第三高中三年級』這個頭銜，對你自己來說都只有相同價值。」

將輝一副無所適從的表情。

看起來無法完全接受達也這番話，卻也同時無法聽而不聞。

「我能說的只有這些。」

另一方面，說完起身的達也眼中沒有迷惘。

◇◇◇

剛好在達也開始和將輝交談的這時候。

在東京的調布，莉娜回到和深雪同一層樓的自家時，接到一通國際電話。

來電者資訊保密。只顯示來電位置的都市名稱。

（波士頓？不會吧……）

那邊不是差不多快深夜了嗎？莉娜思考這種不必要的事情，在二十七吋的壁掛螢幕前面按下通話鍵。

『哈囉。莉娜，好久不見。』

「艾比？」

莉娜的聲音走音。顯示在螢幕上的是她心想「不會吧」的對象。

艾比格爾．史都華博士。

STARS的技術顧問，戰略級魔法「重金屬爆散」的開發者。莉娜的魔法兵器「布里歐奈克」也是她製作的。

莉娜和艾比格爾．史都華博士的交情要回溯到五年前。莉娜還不是STARS正規隊員，以見習生身分接受名為「STARLIGHT」的訓練課程時，前往波士頓執行第一項任務。在那裡等她的就是艾比格爾。

在那之後，兩人每年會見面四到五次。雖然是調整「重金屬爆散」啟動式或改良「布里歐奈克」這種工作上的往來，不過就算這麼說，兩人之間也並非沒有友誼。

莉娜和艾比格爾的年齡差距是五歲。

艾比格爾只比莉娜大五歲。

兩人在極為年輕的時候，一人成為STARS的總隊長，一人受命掌管聯邦軍魔法研究所的部門之一，都是早熟的天才。加上年齡相近的共通點，所以即使少有機會見面，卻是一見面就會一起親密用餐的關係。

不過兩人是在「直接見面時」這麼做，彼此並不是會經常講電話的交情。

打國際電話給實質逃亡到海外的我，難道是發生什麼嚴重的事情嗎？

莉娜如此心想感到納悶，但如果是卡諾普斯或巴藍斯就算了，艾比格爾打電話過來，莉娜完全想不到會是為了什麼事。

「……好久不見。話說回來，妳居然知道我的聯絡方式耶。」

聽到莉娜這麼問，艾比格爾在畫面上像是惡作劇般笑了。五年前初遇時的她乍看是美少年的外型，如今卻完全充滿女人味。和當時的共通點只有頭髮很短，卻也明顯是女性的短髮。不過從她忽然露出的這種表情，當年的影子隱約可見。

『莉娜，其實啊……』

話語賣關子般停頓。即使知道著了艾比格爾的道，莉娜的注意力還是被艾比格爾的下一句話吸引。

『改天我會去妳那裡。』

「啊？」

莉娜瞪大雙眼，完全是「聽不懂妳在說什麼」的狀態。

「來我這裡……是來日本的意思嗎？」

『地點是日本沒錯。難道妳完全不知情？』

「……我心裡沒有底。」

『這就怪了，但我聽說恆星爐計畫那件事，是妳負責和司波先生交涉啊？』

「雖說是交涉，但我只是轉交親筆信，細節是由詹姆士祕書官彙總的。」

『那妳沒聽過內容？』

「不，我從達也那裡略知一二。記得為了進行技術移轉，會收容幾位美國的技術人員……難道說？」

『就是這樣。』

看見莉娜驚訝的表情，艾比格爾咧嘴一笑。

『我也加入派遣技術團要前往巳燒島了。應該會待半年左右。』

「艾比，妳要來半年多？真的獲准了嗎？」

艾比格爾好歹也是戰略級魔法的開發者。由於研究方向偏重專業領域的帶電粒子兵器，所以不像達也發明各種魔法立下實績，但依然肯定是ＵＳＮＡ害怕外流到別國的人才。

『這就代表我們美國也這麼重視恆星爐技術。預定會在妳那邊日曆的十五日抵達，請多指教喔。』

「呃，嗯。很高興妳來。我才要請多指教。」

『是啊，我也很高興。那麼四天後見。』

即使通話結束，畫面變暗，莉娜依然就這麼暫時恍神。

八月十一日傍晚。關於巳燒島事變的事後處理，發生一件不容忽視的事。事發當時湊巧在場的高中生到電視台的新聞節目作證，說明當時遭受武力攻擊的狀況。

他們上節目的電視台不是傳統媒體執掌的無線電視，是有線電視。由複合媒體企業「文化交流網」，通稱「文網」經營的頻道。說個題外話，「文網」的社長是去年四月經由七寶琢磨和達也有段因緣的知名女星小和村真紀的父親。

至於「事發當時湊巧在場的高中生」不用說，正是艾莉卡、雷歐與幹比古。三人都表明自己是魔法科高中生以及達也的朋友，述說巳燒島上演的攻防戰。

節目獲得很大的迴響。

由於是魔法師幼苗又是達也朋友，所以少數人對他們抱持成見，不過觀眾大多著重在「偶然目擊事件的平凡高中生述說親眼所見」這個事實。

主講人是艾莉卡。說起來，雷歐與幹比古原本都不想上電視，是艾莉卡說如果只有她一個人出面會招致奇怪的誤解，所以強迫兩人一起上場。

說實話，艾莉卡直到前天都沒打算上電視。不知道媒體從哪裡打聽到消息，她六日回到東京之後，立刻收到好幾個節目的邀約，她則是悉數拒絕。

然而在前天，艾莉卡以不露臉也不透露姓名為條件接受某無線電視台採訪的時候，電視台的編導人員死纏著要引導話題走向，使她冒出「事實該不會被扭曲了吧」的危機意識。

那天明明是以「成為第三方證人」為條件獲准留在巳燒島，這樣下去可能會成為假新聞的源頭而對達也不利——一反外表很重情義的艾莉卡擔憂這一點，下定決心以「報導內容被扭曲風險較小的實況轉播」為條件參加新聞節目。

此外，某新聞台企圖捏造的內容是達也瞞著未婚妻深雪和艾莉卡交往，為了保護艾莉卡，達也不只是對付新蘇聯軍，對上美軍也英勇奮戰。艾莉卡拖著雷歐與幹比古一起上節目時提到的「奇怪的誤解」，就是以這段捏造的內容為概念。

如前面所述，有人依照艾莉卡等人表明的身分，一口咬定他們在袒護同校的魔法師。這樣的聲音不多，音量卻很大。

不過說到聲音的「數量」，懷抱善意的聲音多太多了——其中也混入許多「那個美少女是誰啊？」的聲音，這方面請多包涵。

就這樣，艾莉卡在家家戶戶的電視上亮眼出道，順便和雷歐、幹比古一起成為真相的證人完成任務……雖然不免覺得反客為主，不過既然達成當初的目的，這應該只是小問題。

◇◇◇

八月十二日，星期一。

達也駕駛飛行車載著深雪與莉娜上學。校規原本禁止開車通學，但他現在搭乘大眾交通工具很可能引發大混亂，加上現在是暑假，校方以這兩個理由特准他開車進校區。

他久違來到第一高中，是要和昨天為他賣力的朋友見面。

達也要找的第一個人在咖啡廳。

「艾莉卡，昨天辛苦妳了。謝謝。」

「真的。艾莉卡，謝謝妳為達也大人那麼做。」

看見托腮發呆的艾莉卡，達也與深雪對昨天上電視的她致上慰勞與謝意。

「不用客氣。」

艾莉卡以沒有霸氣的笑容與聽起來疲憊的聲音回應。

「艾莉卡，看妳這麼無精打采的樣子，哪裡不舒服嗎？」

莉娜擔心詢問。

「我沒事，只是有點累了……精神上的累。」

「精神上的累？」

莉娜好像聽不太懂，但達也與深雪露出理解的表情。

即使在校區內，朝向艾莉卡的視線也比平常多了五成。在還算知名的一高校內都這樣了，在校外肯定覺得別人的目光很煩吧。

「今天妳或許窩在家裡比較好。」

「總不能這麼做吧？」

聽到達也語帶同情的建議，艾莉卡搖了搖頭。

「因為距離交流賽沒剩幾天了。」

艾莉卡說完懶散般起身。

「晚點見啦。」

艾莉卡一肩背起裝有換洗衣物的包包，以空著的另一隻手揮動道別。

「她個性意外地正經耶。」

莉娜目送艾莉卡的背影，以符合這句話的意外語氣輕聲說。

設立於京都的魔法協會總部。

今天在這裡召集會長、分部長與部門長召開臨時會議。

「──那男人的傲慢很礙眼！一定要在這場會議斷然進行處置，否則有損本協會的權威！」

從剛才就漲紅臉極力如此主張的是關東分部長百目鬼。這次會議也是他要求舉行的。

議題是對達也實施懲罰。

「不過，對方是四葉家的魔法師啊。應該沒有實效性吧？」

雖說要懲罰，但魔法協會也不被允許使用暴力手段。

最重的懲罰是除名。遭受這個處分就無法使用魔法師相關證照，不能擔任以魔法技能為條件的職位，但是使用魔法的行為本身沒被禁止，所以只要不靠執照自行找到客戶接案就不成問題。以個人管道獲得僱用的場合也是如此。

從這一點來看，首先達也是四葉家的成員，從一開始就不必找工作，而且他即使以技術人員或是兵士來說……更正，即使以戰力來說，也完全不需要依賴魔法協會的證照。

除名以外的懲罰，像是「不適用於團保」或「認定為不良魔法師而公開姓名」，對他更是不痛不癢吧。百目鬼恐怕也明白這一點才對。

「四葉家的權勢也不會一直這麼大吧！就算現在沒效果，他遲早也會受到教訓！」

百目鬼不改強勢態度。不過換個角度來看是虛張聲勢。

「哎，司波蔑視魔法協會好像是事實，就按照百目鬼分部長的提案，至少決議進行懲處吧。會長，您意下如何？」

「嗯……說得也是。」

被徵詢意見的協會會長十三束翡翠含糊其詞。

從理性角度，應該說從利益得失的角度來看，她知道不應該和四葉家為敵。

然而在情感層面，由於達也曾經在狄俄涅計畫令她吃盡苦頭，所以她很想還以顏色。

「……總之先決議要不要列為懲罰對象吧。具體來說適用哪種懲罰就等之後再討論。」

「說得也是。」「知道了。」「我贊成。」

翡翠不經意以實施懲處為前提如此發言，引來眾人出聲贊同。

「那麼，贊成懲處的人請舉手。」

不過正要表決的這時候，緊急來電的鈴聲響了。

那是嚴守規定只能在真正要緊急聯絡時才會接通的內線電話。翡翠不得已中斷表決，按下回應鍵。

「什麼事？」

翡翠沒隱藏不悅心情這麼問。

『防衛大臣十萬火急來電。』

免持聽筒的話機傳來回應，聲音聽得出慌張心情。

「十萬火急？我知道了。」

翡翠朝無線對講機回應之後，告知會議室的眾人要暫時離席。

走出會議室接電話的翡翠，在大約五分鐘之後回來了。

「防衛大臣吩咐了什麼事嗎？」

翡翠以嚴肅表情就座，某人開口詢問。

「……中止表決，會議就此結束。」

「為什麼？」

翡翠突然開口宣布散會，百目鬼顯露怒意起身。

「……大臣說了什麼？」

另一名幹部戰戰兢兢詢問翡翠。

「防衛大臣說，『依照政府的認知，司波達也先生本次採取的行動毫無問題』。」

會議室鴉雀無聲。

「大臣希望魔法協會也依照這份認知來行動。」

響起重拍桌面的聲音。

關東分部長百目鬼維持揮下雙手的姿勢，氣到發抖。

參加會議的其他成員同情地看著他，接連離席。

「……這樣啊。謝謝您……好的，有機會的話請務必讓我陪同。」

拿著古典造型話筒，放鬆姿勢講著純語音電話的真夜，以優雅的動作放回話筒。

「夫人，防衛大臣怎麼說？」

將茶杯放在真夜前方的葉山之所以這麼問，是因為他的女主人做出談完事情的舉動。

「政府對於達也的評價，他說已經協助轉告魔法協會了。」

「這樣啊。那太好了。」

「政府應該也不想害達也鬧脾氣吧。」

「因為他們應該也掌握到達也大人和美國接觸過的情報。屬下不認為他們連締結的協定內容都查得出來，但也正因如此而格外警戒吧。他們擔心達也大人或許會『和四葉家一起』離開日本投靠美國。」

「他們陷入疑心生暗鬼的狀態了。」

真夜露出壞心眼的表情失笑。

「所以看到魔法協會即將多此一舉的時候，才會趕緊給他們一個警告吧。」

「您說的是。」

「不過……對於達也來說，這或許是多管閒事吧。」

「世間也存在著強者特有的弱點。達也大人的個性比實際年齡成熟，卻也才十八歲。即使被說是多管閒事，做長輩的也應該彌補他自己沒察覺的部分。」

真夜輕聲一笑。這次是表裡如一的笑容。

「大概只有葉山先生有資格將達也說成這樣吧。若是發現那孩子哪裡做得不夠周到，請務必幫他補足喔。」

「這是當然的。」

葉山始終以恭敬誠懇的態度低頭致意。

深雪與莉娜向艾莉卡道別之後和達也分頭行動，來到社團聯盟總部。

「……這樣啊。艾莉卡參加交流賽沒問題是吧？」

「是的，取得別校的認可了。」

五十嵐肯定深雪的詢問。

「不只如此，宣稱『那我們也要』而派女生參賽的學校，包括本校已經高達五校了。」

「過半數嗎？」

「或許是理所當然，不過女生原本也很期待參加九校戰吧……啊，抱歉。」

五十嵐之所以道歉，是因為「九校戰被達也害得中止」的中傷言論已經蔓延開來。他認為深雪可能誤以為惋惜九校戰中止就是在怪罪達也。

「抱歉什麼。」

然而這是五十嵐多慮了。

只不過，深雪沒忘記達也因為九校戰中止而受到的中傷。

達也是從五月開始被人在暗地說壞話。

後來發生了林林總總的事件，深雪已經不介意了。

五十嵐沒理解得這麼深入，不過得知深雪沒生氣，他暫且鬆了口氣。

「不提這個，五十嵐同學。」

「有，什麼事？」

剛放鬆就被叫到名字，五十嵐像是被魔鬼士官長臭罵的菜兵挺直背脊。

他這種過度的反應使得深雪納悶。

「因應女性選手參賽，規則要怎麼修改？」

不過深雪認為無須在意，詢問達也在週六點出的問題。

「規則嗎？」

五十嵐聽不懂問題的主旨而反問。

「記得在大學的祕碑解碼如果有女性選手參賽，會准許她們使用內建反物資護盾魔法的防禦用武裝演算裝置。至少必須在護具方面優待一下吧？」

深雪如實說出達也指出的內容做為回答。

「啊，說得也是……」

從五十嵐的反應來看，他好像知道大學的規則。

「我立刻和別校協議看看。」

五十嵐如自己所說，走向視訊會議系統。

看著他性急的背影，深雪與莉娜轉頭相視，然後離開社團聯盟總部以免打擾。

◇　◇　◇

另一方面，達也來到校舍後方正在練習祕碑解碼的演習樹林。

在他的視線前方，艾莉卡以肉眼追不上的速度穿梭在魔法彈幕之中。

看起來是魯莽突擊，但艾莉卡連一發都沒被打中，身手還是一樣高超。達也一直認為艾莉卡是「最快的魔法師」，這個印象在今天也沒變。

如果只比移動速度或加速度，比艾莉卡還快的魔法師在全世界應該很多。但是在魔法加速狀態隨心所欲控制身體的天分，換言之不是被動以魔法加速，而是主動駕馭自我加速魔法這方面，達也評定艾莉卡首屈一指。

她的親哥哥千葉修次也是巧妙運用自我加速魔法，但是和艾莉卡的類型不同。修次別名「幻影之劍」的原因，在於他頻繁切換加速與停止，不讓敵人鎖定他為目標的戰鬥技術，並不是像艾莉卡這樣以人類知覺能力的極限領域操作招式。說穿了，修次是變幻自在，艾莉卡是電光石火。

不過在達也眼前閃躲魔法彈雨的艾莉卡，兼具了電光石火與變幻自在。加速、停止、加速。艾莉卡熟練使用修次這種切換魔法的技術，不讓模擬戰的對手鎖定她。

電光石火又變幻自在。幻惑的步法離修次的造詣還差得遠，即使如此，艾莉卡的水準也肯定正在著實提升。

不過擔任練習對手的學生也是一高頂尖的實力派。艾莉卡的高速進擊，在和保護祕碑的學生打成兩敗俱傷之後告終。

在這種不准直接砍人的規則之下，她打起來果然不太順手的樣子。

「艾莉卡，還好嗎？」

防守的男學生中了艾莉卡的無系統魔法仰躺在地（他誤以為被砍中而自己倒下），達也無視於這名男學生，向艾莉卡搭話。

「好痛……咦，達也同學？你沒和深雪一起嗎？」

艾莉卡這句話引得達也露出苦笑。他心想自己果然被當成和深雪形影不離的樣子——達也對此沒感覺不快。

「深雪去社團聯盟總部確認狀況。妳沒受傷嗎？」

「骨頭沒事，只有跌打損傷。總之，雖然會痛……但這種程度是家常便飯。」

艾莉卡挨的是直接施加壓力的魔法。以對方全身為對象設定增壓的焦點，發揮等同於強烈局部打擊的效果，是名為「壓力透鏡」的魔法。

艾莉卡若無其事掛著笑容，不過以達也所「見」的魔法威力，她肯定傷得不輕。

「痛的部位是左大腿根部嗎？」

「嗯，沒錯……我不會露給你看喔。」

艾莉卡露出惡作劇孩童般的表情笑了。

「不必脫衣服。」

達也面不改色這麼說，左手舉向艾莉卡。

戴在手腕的銀環是完全思考操作型ＣＡＤ「銀鐲」。從項鍊型的控制器接受到想子訊號之後瞬間輸出啟動式。

發動的魔法是「重組」。看起來是完全治癒與修復，實際上是限定的時間回溯魔法。不，形容為「時間經過改寫」的魔法比較正確吧。以「從過去的某個時間點開始不受外部影響至今的現在」替換「先前受到外部影響而確定至今的現在」的魔法。

「重組」對艾莉卡產生作用。

艾莉卡左腳因為「魔法攻擊」這個外部影響造成的挫傷，像是沒發生過任何事般消失。

「……謝謝。抱歉了。」

艾莉卡知道「重組」這個魔法，也知道該魔法的代價。她皺眉露出極度愧疚的表情，是因為想像達也背負的「代價」替換到自己身上。

「我才要說，這種程度我已經習慣了。」

達也毫無逞強的樣子這麼說，向艾莉卡伸出右手。

艾莉卡藉著達也的手站起來。

「直接產生作用的魔法，看來果然不好躲。」

「如果是弱的魔法，用氣魄就能搞定就是了。」

「居然說『氣魄』……但也沒錯啦。」

從己方陣營走過來探視艾莉卡的幹比古，以傻眼的語氣插嘴。

「妳是魔法科高中的學生，所以應該要說『肉體釋放的想子壓力』吧？」

「太長了。既然兩個字就能說清楚，說『氣魄』不是比較快嗎？」

艾莉卡以輕浮語氣回嘴。

「直接的攻擊能以護具減輕到某種程度，但還是應該準備對抗魔法。」

相對的，達也語重心長這麼說。語氣隱含不容分說的強制力。

「咦……但我不會使用對抗魔法啊？」

「對抗魔法」是讓魔法失效的魔法。例如「情報強化」、「領域干涉」，達也使用的「術式解體」與「術式解散」也歸類為對抗魔法。

「弱的魔法妳能以『氣魄』震飛對吧？那就可能做得到。我想想……」

達也單手抵在下顎暫時深思。這副模樣隱約散發懾人氣息，艾莉卡與幹比古默默等他開口。

「艾莉卡，魔法式不能用刀砍嗎？」

「啊？」

艾莉卡一臉聽不懂他說什麼的表情。

「魔法的主體是魔法式。破壞魔法式就能讓魔法失效。」

「……這種程度的事我早就知道了。可是你說砍魔法式……是要砍哪裡？魔法式並不是畫在身體表面吧？」

「當然不是，是在情報次元。」

「到底要怎麼砍？」

「和使用魔法的時候一樣。艾莉卡，妳使用自我加速魔法的時候，是怎麼將作用對象設定為自己的身體？是實際動手畫魔法式嗎？」

「怎麼可能，當然是用想像的……」

艾莉卡回答到一半發出「啊！」的聲音。

「同理。以認知魔法的知覺捕捉敵方的魔法式，使出魔法。換句話說，以『心之手』揮出『想子之刃』砍掉就好。」

「原來如此……」

「用來砍魔法式的刃，我來幫妳準備啟動式。我想想……等我兩小時。我先以手邊現有的機材準備CAD的試作品吧。」

「兩小時？」

「拿現有的材料來做……啊哈哈……」

幹比古驚叫出聲，艾莉卡發出乾笑聲。

「繼續練習到我回來吧。」

達也看起來毫不在意兩人的反應，走向校舍。

達也正如自己的預告，在兩小時後回到祕碑解碼的練習場。跟在他身後的是深雪與莉娜，還有不知道在哪裡會合的雷歐。

「艾莉卡。」

達也交給艾莉卡一個行動終端裝置形態的細長ＣＡＤ。艾莉卡之所以皺眉，大概是因為終端裝置形態的ＣＡＤ會妨礙手部行動，和她的戰鬥風格不合。

「生成想子刀刃的魔法是永續發動型。一旦啟動就會以循環演算持續發動，直到妳使用魔法關閉。」

這種程度的事，達也當然不可能沒考慮到。

「是喔……那麼，ＣＡＤ放在口袋別管就行吧？」

艾莉卡收起眉心皺紋這麼問，達也點了點頭。

「有實體的刀以及沒有實體的刃，併用將成為二刀流。剛開始或許會困惑，不過以艾莉卡的能耐肯定能熟練使用。」

達也後續的這段話，使得艾莉卡暗喜般揚起嘴角。

「聽你說到這種程度，我可得好好努力了。」

「……幼貓只要誇兩句也會爬上樹。」

輕聲這麼說的是雷歐。

「你剛才說什麼？」

「是妳幻聽吧。妳聽到什麼？」

艾莉卡立刻起反應，雷歐佯裝不知情。

「想裝傻？幼貓也……呃，嗯？」

艾莉卡本來想追問，卻覺得自己要復誦的語句怪怪的，沒繼續說下去。

「那麼，我去那邊觀摩吧。」

雷歐背對艾莉卡，舉起單手揮啊揮的，走向救護班的待命場所。

「我們也稍微離遠一點吧。」

「是，達也大人。」

「ＯＫ。」

深雪與莉娜點頭回應達也這句話。

「艾莉卡，哪裡不懂的話別客氣儘管問。」

「唔，嗯，謝謝。」

艾莉卡回應達也的同時，依然掛著無法接受的表情。

「欸，達也。」

遠離到艾莉卡聽不到聲音的位置時，莉娜輕聲向達也開口。

「雷歐剛才說了什麼？一般不是『豬只要誇兩句也會爬上樹』嗎？」

「爬上樹的幼貓在高處樹枝下不來。這妳沒聽過嗎？」

「啊啊，原來是這個意思。」

深雪出聲表示理解。

「我好像聽過，所以呢？深雪，不要只顧著自己聽懂，快教我啦。」

「莉娜，換句話說是這樣的。幼貓爬樹的時候沒自覺爬到多高，等到要下來的時候，才因為太高而眼花軟腳。同樣的，如果得意忘形過度相信自己的實力會嘗到苦頭，剛才西城同學是在警告這一點。」

「雷歐也說得戳到痛處了。我自認充分確保安全區間，但還是暫時觀戰注意艾莉卡會不會亂來吧。」

聽到深雪這段話，達也以告誡自己般的語氣輕聲說。

這天，在西方天空染紅的時候，不是魔法式斬殺，而是「魔法式斬壞」的這個對抗魔法，艾莉卡已經完全納為己用。

八月十四日，達也等四人回到巳燒島。由於隔天的十五日，USNA派來學習恆星爐技術的技師團將造訪巳燒島，他們預先前來準備。

看完USNA透過傑佛瑞・詹姆士提供的技術人員名冊，達也輕聲說「原來是真的」。

他低語的場所是島上的第二個家，四人齊聚的客廳。

「什麼事？」

發問的是深雪。莉娜興趣缺缺般拿起馬克杯喝咖啡歐蕾，水波謹慎保持沉默。

「來到日本的技術人員名冊，記載著『艾比格爾・史都華』這個名字。」

「這位怎麼了嗎？」

聽到深雪再度發問，達也看向莉娜。

「莉娜，妳認識？」

深雪將這道視線解釋為「妳問莉娜吧」的意思，將發問對象改成莉娜。

莉娜將馬克杯放回矮桌，只在瞬間瞪向達也，然後故做鎮定回答。

「嗯。艾比……艾比格爾．史都華博士是STARS的技術顧問。專長是帶電粒子魔法兵器。我也很受她的照顧。」

「既然說到帶電粒子魔法兵器……莉娜的重金屬爆散與布里歐奈克也是那個人製作的？」

深雪微歪腦袋詢問，莉娜目瞪口呆。

「——才短短幾句話，妳為什麼就知道這麼多？」

「就算問我為什麼……這種推理很難嗎？」

聽到深雪若無其事這麼說，莉娜嘆了好大一口氣。

「原來頭腦奇怪的不只是達也啊……」

「……對不起，莉娜，我沒聽清楚。妳可以再說一次嗎？」

莉娜忍不住說出正直的感想，深雪向她露出粉雪般純白、晶亮、溫和、柔順又乾冷的笑。

「咿！」

自覺失言的莉娜，因為罪惡感與恐懼而縮起身子。

「頭……」

「頭？」

莉娜冒出冷汗，深雪增強壓力。

「頭……」

「頭什麼呢？」

「頭……頭腦靈活到很奇怪的人，原來不只達也……我剛才說的是這個意思。」

莉娜掛著祈禱般的表情，揚起視線觀察深雪的臉。

「哎呀！」

深雪的笑容從乾冷的粉雪變成水嫩的花朵。

「莉娜真是的。不能說『奇怪』吧？應該可以用別的詞形容啊？」

「我的日語還沒進步得那麼好啦。」

「這或許也是原因吧。」

聽到深雪這句話，莉娜肩膀放鬆。其實她現在感到渾身無力，很想立刻在沙發躺平。但是這麼做會令深雪起疑。明明好不容易突破困境……如此心想的莉娜以氣力撐住。

深雪沒察覺（或者是假裝沒察覺）莉娜內心的糾結，重新看向達也。

「哥哥，這樣的大人物，只為了恆星爐技術就來到日本嗎？不對，美國政府准她出國嗎？」

「妳的懷疑是對的。不過關於這件事，我認為妳不必這麼擔心。」

比起深雪，莉娜更對達也的回答深感意外。

「達也，你為什麼願意相信？」

「因為這號人物反而太大牌了。如果要暗中搞鬼，不可能動用戰略級魔法開發者這種重要人

物。太不符合成本效益了。」

「居然提到成本……」

把人類當作成本計算的對象，莉娜似乎覺得達也這種思考方式怪怪的。她在這方面也不適合當軍人吧。

「雖然是我自己的想像，不過史都華博士是不是把自己的求知好奇心列為第一優先的類型？說不定比自己的生命安全還優先。」

「…………嗯，沒錯。」

莉娜眼神游移，最後支支吾吾點頭同意。

「艾比有著超脫俗世的一面……而且是阿宅。」

「阿宅？」

這個詞至今還是會被使用，卻不像本世紀初那麼流行，深雪對此感到疑惑。

「不是極客？」

在這個場面，深雪將「極客」當成「尖端科技偏愛者」的意思使用。既然是足以成為STARS顧問的科學家，即使叫做阿宅也應該是技術宅吧。她如此想像。

「不太一樣……深雪應該沒和她交流過，所以這樣認知就好。畢竟艾比執著的是感覺更年幼的孩子。」

「……她是女生對吧？」

「嗯，二十二歲……不對，已經二十三歲了嗎？總之是不到二十五歲的淑女。」

「而且喜歡年幼的女孩……？」

「啊～～不是戀童癖那種類型……吧？總之她不會在性方面胡作非為，這部分儘管放心。」

「是嗎？」

深雪沒繼續追問。看她的臉就知道她沒接受，但她覺得即使打破砂鍋問到底，也不會有任何人幸福。

艾比格爾來到日本是否另有隱情？還是純粹來看恆星爐技術？這些疑問都因為話題聊到她的私下癖好而不了了之。

◇　◇　◇

二〇九七年八月十五日，星期四。

這一天沒有被世界記住。達也和艾比格爾．史都華的初遇，後世史學家頂多只是當成魔法工學史的事件之一而偶爾提及。

但是對於兩名當事人來說，這次見面的意義重大。

「歡迎您，艾比格爾．史都華博士。」

「司波先生，要受您照顧了。」

和這名一五五公分左右，感覺明顯缺乏運動的女科學家握手時，達也心想「這就是將ＦＡＥ理論實用化的天才嗎……」心懷讚賞。

和達也握手的艾比格爾心想「這就是將加重系魔法三大技術難題解決其二的鬼才嗎……」暗自感嘆。

「加重系魔法三大技術難題」是「理論上肯定做得到卻在技術上無法實現」，長年以來成為魔法工學課題的三個主題，具體指的是「重力控制型熱核融合爐」、「泛用飛行魔法」以及「慣性無限增幅的疑似永動機關」。達也將其中的「重力控制型熱核融合爐」與「泛用飛行魔法」在技術層面提升到實用階段。

此外，「ＦＡＥ理論」是「Free After Execution theory」，日文名稱為「後發事象可變理論」，但在日本學者之間也普遍通稱為「ＦＡＥ理論」。

具體來說是「以魔法改寫而成的事象，原本是這個世界不應有的事象，因此剛改寫不久的這段時間受到的物理法則束縛較為寬鬆。由此來看，對魔法產生的事象重新進行改寫時，使用遠低於正常所需的事象干涉力就能得到想要的結果」這樣的假說。

不過這裡所說「剛改寫不久的這段時間」依照推測，短到形容為一瞬間也不誇張，因此這個假說原本無法證實。這位艾比格爾・史都華博士不只是證明ＦＡＥ理論的第一人，還將該理論提升到實用階段開發出魔法兵器。

至於達也今年也以新魔法「重子槍」成功將ＦＡＥ理論實用化。不過知道這件事的目前只有四葉家的相關人員、敗給「重子槍」的十文字克人，還有當時在場的七草真由美與渡邊摩利。

只不過，即使自己成功將該理論實用化，達也對於艾比格爾的敬意依然不減。達也的「重子槍」是參考艾比格爾製作的「布里歐奈克」，多虧她的實績才造就這個新魔法。達也沒有誤解這一點。

「要立刻參觀設施嗎？」

「好的，請務必。」

達也看出艾比格爾滿心期待，以她的希望為第一優先，省略後續所有儀式，從機場直接帶她前往恆星爐設施。

帶領參觀整座設施之後，達也重新帶領來到日本的技術團隊參加立食形式的歡迎餐會。時間已經將近正午，但是問過艾比格爾他們之後，得知所有人都受到時差影響沒什麼食慾，所以餐會就這麼只提供簡單的餐點。

「艾比，好久不見。」

莉娜也參加這場餐會。明顯不是日本人的她引來美國技術團隊的注目，但是僅止於注目，沒演變成騷動。他們之中只有艾比格爾一人知道「安吉・希利鄔斯」的真實身分。

「嗨，看來妳過得很好。」

也沒人介入莉娜與艾比格爾的對話。看來艾比格爾沒完全融入這支訪日技術團隊。仔細想想，這也在所難免。艾比格爾現在才二十二歲。美國再怎麼標榜實力主義，二十歲出頭的小姑娘進入以四十歲以上成員為主的集團難免無法被接納。高等知識的菁英分子，看到相差二十歲的晚輩展現優秀實力，即使理性上可以認同，感性上也有某些部分無法接受吧。被短短不到百年壽命束縛的人類就是這種生物。

「博士，為您介紹一下。這位是我的未婚妻。」

「初次見面，史都華博士。我是司波深雪，很榮幸見到您。」

隱約感覺到疏遠氣氛的達也與深雪前來支援，可說是理所當然的地主之誼。

「四葉的公主，初次見面。久仰大名。」

艾比格爾看起來沒懾於深雪的美貌。大概是因為和莉娜來往，所以對美少女免疫吧。不過其他的訪日技術團員可沒這種抗性。深雪與莉娜，兩名絕世美少女釋放的氣場，使得眾人基於和剛才不同的理由遠離艾比格爾所在的餐桌。

達也、艾比格爾、深雪與莉娜的周圍，成為無人的空白地帶。

「這樣剛好。」

艾比格爾見狀露出笑容。

「我要轉達一件事給達也先生。」

她語帶玄機向達也開口。

「什麼事？」

「你在找的人好像找到了。」

達也表情不為所動，但是一旁聽到的深雪以吃驚表情注視艾比格爾。不必說名字，達也與深雪也很清楚她說的是誰。

「聽說原本在洛杉磯。」

正如達也的推測，光宣位於ＵＳＮＡ西岸。

「但我從波士頓出發的時候，你在找的人好像已經從長灘搭乘小型遊艇出境了。」

「知道遊艇開往哪裡嗎？」

「我沒問這麼清楚。」

「這樣啊……謝謝您。」

「不客氣。」

直到最後，艾比格爾都沒問達也在找的對象是誰。

歡迎餐會之後的本日行程全部消化完畢，達也回到巳燒島西岸住家的時間是下午五點多——深雪只出席歡迎餐會。

達也向前來迎接的深雪回應「我回來了」。將又扁又輕的包包交給深雪身後待命的水波（如果不交出包包，水波就不肯動），坐在客廳的沙發上。

「您不累嗎？」

深雪將冷飲放在達也面前。

達也喝掉半杯，將玻璃杯放回桌面。

「我沒那麼累……不過ＵＳＮＡ的技術人員真能撐。抵達的當天應該還沒適應時差才對。」

「哎，那些人大概把熬夜當成家常便飯吧。」

莉娜插入對話。

「不提這個，接下來怎麼辦？看來正如計畫引他出現了……可是沒追蹤到船隻吧？」

莉娜委託巴藍斯上校搜索光宣的時候，故意使用早就知道會被七賢人解讀的編碼。知道光宣身旁的雷蒙德會解讀，使用普通的編碼。

按照達也的指示。

這麼做的目的，正如莉娜現在所說。

光宣知道己方正被搜索，逃離藏身之所。

但是查不到他之後的去向了，這一點也正如莉娜指摘。

「光宣會回日本嗎……」

深雪以難掩不安的語氣呢喃。

達也預測光宣離開藏身處之後會回到日本。

「但我認為對於光宣來說，回國是危險的賭注。」

不過如深雪所說，光宣一旦入境日本，以標榜「退魔」的古式魔法師為首，肯定有許多魔法師鎖定他。這次八雲肯定也會站在除掉光宣的那一邊吧。光宣肯定也充分預測到這個結果。

「光宣會回來。」

達也的回答是斷言。

「如同我們當時沒放棄水波，光宣同樣不會拋棄水波。我只在這一點相信光宣。」

達也話語中的力量，令人相信預測會成為預言。

「說得也是……光宣不惜主動捨棄人類身分也想拯救水波。不提手段的對錯，他不會就這麼逃走對吧……」

深雪這番話是對自己說的，卻深深插入水波胸口。

達也、深雪與莉娜都沒察覺。

與其說是冒失，與其說是遲鈍，不如說是經驗不足造成的極限吧。

達也十八歲，深雪與莉娜十七歲。

即使擁有再強大的力量，即使能使用獨力逼退國家的魔法，依然還是涉世未深的高中生。

〔6〕

載著光宣與雷蒙德的小型遊艇，以平均五十節的速度在太平洋西進。目的地正如達也預料，是日本。

在船內，光宣使用「扮裝行列」隱藏遊艇不讓他人的肉眼與觀測機器發現，同時正在製作令牌。是周公瑾當成媒介發動東亞大陸古式魔法的黑色牌子。

這種牌子不是紙製，是以咒術的加工手法將薄木板的表面變化為石墨材質，刻上咒術文字與圖形，注入水銀，然後同樣以咒術加工手法讓水銀和硫磺起化學反應成為硃砂（硫化汞）。硃砂在日本叫做「丹」，在歐洲是和「賢者之石」劃上等號的魔法素材。以硃砂刻成魔法陣的符咒。這就是周公瑾使用的令牌。

光宣投注精力進行這種耗時的令牌製作，準備和達也決戰。

「光宣。」

聽到進入艙室的雷蒙德叫他，光宣停止刻畫魔法陣，抬頭以眼神催促雷蒙德說下去。

「航線沒失準，自動駕駛功能正常運作中。」

搭乘這艘遊艇的只有光宣與雷蒙德兩人。航海全交給機械進行。這個時期在西太平洋有遭遇颱風的風險，但是兩人完全不在意。

與其說兩人溫吞，應該說魔法師與非魔法師在這方面的觀念不同。如果是高階魔法師，輕微的自然災害不構成威脅。即使無法完全防止災害本身，也勉強可以保護自己與自己所搭乘小型船隻的安全。在十師族也擁有高超魔法力的光宣不用說，雷蒙德的天分雖然不足以被STARS錄取，實力也足以在高中的魔法師課程留下頂尖成績。

這兩人已經化為寄生物。或許難免會小看遇難的風險。

「維持現在的航行，會在當地時間的十九日進入日本領海。」

雷蒙德的話語也完全沒包含「遇難」或「風險」的字眼。

「十九日嗎……嗯，看來可以避免最壞的事態。」

光宣隱約以鬆一口氣般的表情點頭回應。

光宣猜想的最壞事態，當然不是這艘船沉沒。

他擔心來不及為水波的治療進行最後收尾。

依照光宣的計算，應該是兩年後才需要進行最終處置才對。

但因為達也在找他（雖然毫無根據證明搜索行動是達也的委託，不過光宣的推測正確），所以光宣誤以為水波病情急遽惡化。

當成應急處置依附在水波體內的寄生物完全由光宣掌控。要是水波病情惡化，光宣肯定也能透過抑制症狀的寄生物得知。

前提是彼此都在國內。

雖然目前不知道原因，不過寄生物之間的精神感應，只要越過國境就斷絕。距離再近，一旦越過國境就不通。光宣和雷蒙德試過，同一艘船上一人在船頭，一人在船尾，船頭越過領海界線的瞬間，就無法進行意念通話。

其實不只是寄生物，這是妖魔——精神生命體的共通現象。明明即使是劃下界線的人類都容易忘記，非人之物為何會受到「國境」的影響？這個問題沒有確切的答案。某個有力的假設說明「國境」被賦予結界的性質，以免妖魔造成的災禍殃及本國，但因為無法做實驗確認，所以不知道是真是假。

先不論原因，逃離日本的光宣不知道水波現在的狀態。為了確認水波的身體狀況，光宣只有「回到日本」這個選項。

說到選項，光宣心底原本想走空路入境日本。至今依然著急想盡快回國。但是光宣與雷蒙德失去美軍的協助，找不到方法瞞過機場的入境審查。

距離日本時間八月十九日還有三天。水波的身體狀況不會在這之前出現致命的惡化。光宣這樣告訴自己，忍受焦慮的心情。

八月十六日早晨。

達也在巳燒島住家所在的大樓樓頂停機坪和兵庫面對面。

「那麼兵庫先生，麻煩你了。」

「請交給屬下。屬下會細心注意送深雪大人回東京。」

兵庫背後停著一架主翼安裝導管風扇的小型ＶＴＯＬ，深雪、莉娜與水波三人已經上機。

達也與深雪從今天開始分頭行動。

巳燒島的部分設備開始運作，達也為了進行恆星爐的技術指導，現在不能離開巳燒島。

另一方面，深雪面臨九校交流賽即將進行的狀況，身為一高學生會長的她必須回到東京。

因此兩人分頭行動。

兵庫坐上駕駛座，電動馬達的舉升風扇式ＶＴＯＬ靜靜離陸。

深雪隔著窗子揮手，達也從樓頂揮手回應。

兵庫在將近中午的時候回到巳燒島。到這個時間才回來，是因為他不只送深雪等人回到調布的自家，後來還以自動車送深雪與莉娜去一高。

送深雪到學校是達也的指示。理由當然是要保護深雪，但達也沒找調布大樓常駐的司機而是請兵庫接送，還基於另一個目的。

「達也大人，屬下將您命令回收的物品帶過來了。」

兵庫嘴裡這麼說，手上卻沒拿任何東西。相對的，他身旁有個身穿侍女服的人。

『主人，請下令。』

這個人是寄宿著寄生物的3H（Humanoid Home Helper）——琵庫希。

達也原本命令琵庫希在一高學生會室輔助學生會。琵庫希遵照這個命令沒離開學生會室。寄宿著寄生物的「她」，即使有能力以「自己的意志」行動，依然堅守達也的命令。

既然主人達也叫我過來，就代表達也會給我新的工作。琵庫希會這麼想或許也是當然的。

「首先，家事交給妳了。」

『樂意之至。』

正如字面所述，琵庫希回以洋溢喜悅的心電感應。

3H原本就是為了幫忙做家事而打造的機器人，但這份喜悅應該和這個設定沒什麼關係。琵庫希將寄生物固定在體內的意念核心是「想將一切獻給達也」的心意。打理達也身邊的大小事，肯定是和琵庫希合為一體之寄生物的心願。

「還有一件事。感應到寄生物入侵就通知我。」

『是從外國入侵的意思嗎？』

「沒錯。我會把消耗的想子補給妳。」

『真的嗎？屬下何其幸福……！』

琵庫希的身體無法自行生產想子，因此寄生物主體活動時消耗的想子必須由外部補給。

基於誕生的原委，琵庫希接收想子的最大供給源是穗香，不過從今天起由達也負責供給。琵庫希神情恍惚。

「目前先這樣。」

『……遵命，主人。』

琵庫希即使陷入恍惚也沒聽漏達也的話語，露出「笑容」行禮——達也禁止她以念動力做表情，但琵庫希現在開心到忘記這件事。

八月十九日上午十點。

「光宣，要進入日本領海了。」

雷蒙德看著附GPS功能的海圖，提醒光宣注意。

跨入國境就代表寄生物之間可以通訊，同時也代表日本的寄生物會感應到光宣與雷蒙德偷渡入境。

光宣離開日本的時候，日本國內沒留下寄生物。他不認為日本會出現新的寄生物，但是國內有寄生人偶。要是沒以「扮裝行列」偽裝，他們的位置幾乎肯定會被掌握吧。

不過如果關閉寄生物使用的通訊管道，就查不到水波的身體狀況。水波的病況是否惡化到必須立刻處理？還是時間上還有餘裕？這是決定光宣行動方針的要因。沒有「不清不楚敷衍帶過」這種選項。

光宣死心認為偷渡入境被發現是在所難免，看開認為總之隱藏自己的所在位置就好。他決定在一瞬間讀取水波的現狀，然後間不容髮施展「扮裝行列」隱藏這邊的位置。

「十、九、八、七……」

他要求雷蒙德在跨越領海線的時候倒數讀秒，就是為了抓準時機。

光宣認為這是以秒為單位的對決。不知道是否該說幸好，達也不是寄生物。即使命令寄生人偶監視這邊的入侵，在接收報告的過程肯定也無法避免產生時間延遲。只要在達也以「精靈之眼」看向這裡之前發動「扮裝行列」，就可以暫時免於被發現。這是光宣的計畫。

「……三、二、一、零！」

雷蒙德喊出「零」的同時，光宣只在瞬間完全開放魔法領域的感應力。

光宣在珍珠與赫密士環礁基地殺害STARS的佐伊．斯琵卡，寄生物鑽出燒盡的屍體灰燼時，他以魔法抓住並支配寄生物。

在水波越過國境進入日本時，這條支配的鎖鏈暫時斷開，但是束縛寄生物的魔法並沒有跟著消失。光宣循著之前當成隸屬印記而烙印的魔法訊號，確認他用來封鎖水波魔法演算領域的寄生物狀態。

（原來是我多慮了。）

光宣打從心底鬆了口氣。埋入水波體內的寄生物，和光宣之前和她分開時一樣，維持著完全不活化的狀態。

封印狀態也良好。

水波病情急遽惡化的猜測，是光宣想太多了。

既然查明這一點，繼續處於毫無防備的狀態也沒意義。光宣立刻繃緊神經，按照預定計畫縝密發動「扮裝行列」。

『主人！』

達也腦中響起聲音緊迫的心電感應。是琵庫希的心電感應。達也命令只在某個特定條件可以無視於當時狀況立刻回報。

「不好意思，博士，我離開一下。」

達也正在帶領美國技術團隊參觀建設中的恆星爐。技術方面的解說已經結束。負責引導的另有他人，達也只是陪同。

「知道了。請不必在意我們。」

艾比格爾沒問事由，爽快答應達也的要求。曾擔任STARS技術顧問的她，應該已經習慣突發狀況了。

達也離開組裝工廠，走在盛夏的陽光下，從口袋取出小型無線電，開啟線路和琵庫希通話。

「捕捉到了嗎？」

『感應到西方海面出現寄生物的波動。雖然在一瞬間就跟丟，但是肯定沒錯。』

「知道詳細位置嗎？」

『志摩半島東南方外海。』

「志摩半島嗎……」

六月底，雷蒙德．克拉克使用假護照從關西國際機場入境。或許那附近有某種偷渡路徑。

此外，要是從紀伊半島進入內陸就是光宣的地盤。應該也有局外人不知道的後門吧。

（九島家不能信賴……）

九島家在上個月中旬協助光宣逃亡，這次或許也會站在光宣那邊。要是使用九島家，這邊的情報可能會完全被光宣掌握。

（並不是不能找二木家幫忙，可是……）

二木家的根據地在蘆屋。要是光宣從大阪灣或瀨戶內海那邊登陸，二木家或許能捕捉行蹤。

（……還是算了。）

達也想到這裡，主動駁回腦中冒出的點子。

如果光宣回國的理由正如達也預測，那麼對方肯定會主動接觸。要是貿然出手導致光宣再度躲進富士樹海那種祕密居所，時間會白白流逝。雖然八雲說過「當下不必擔心」，但是不知道水波的狀況何時會惡化。達也不想在這種狀況浪費時間。

「繼續以主動模式監視。」

『遵命，主人。』

達也僅止於對琵庫希如此下令。

八月二十日，光宣與雷蒙德在神戶登陸。目的地是上次雷蒙德和雷谷魯斯偷渡入境時，光宣用來藏匿他們兩人的南京町宅邸。

「這裡不是已經被人知道了？」

被帶到宅邸後門的雷蒙德不安詢問。

光宣看起來不在意，從後門進入宅邸。

記得光宣曾經出示主人證明的傭人，以恭敬的態度迎接光宣他們。光宣將行李交給傭人，坐在打掃整潔的書房椅子。

「據說戰場上最安全的場所，是砲彈最後打中的地方。」

然後他朝著坐在房間角落藤椅的雷蒙德這麼說。

雷蒙德經過約十秒才察覺，這句話是在回答他在後門門前提出的擔憂。

「一般都認為沒人會回到已經曝光的祕密居所，你卻將計就計是嗎？」

「雖然我覺得剛才的戰場理論不可信，但是這裡應該暫時沒問題吧。畢竟沒有警察或魔法師在監視，這次我也沒要在這裡待太久。」

光宣轉頭看向窗外。

他的視線朝向東方天空。

「是的。沒要在這裡待太久……」

光宣再說一次，這次如同自言自語般輕聲說。

〔7〕

八月二十三日，星期五早晨。

換好制服的深雪走出臥室一看，水波難得坐在飯廳椅子發呆。

「水波？」

「啊，深雪大人。早安。」

水波連忙要站起來。

但她起身到一半，就像是雙腿萎縮般無力坐回椅子上。

「水波？妳怎麼了？」

深雪驚叫跑向她。

「那個，我沒事……只是站起來的時候暈了一下。」

水波再度試著站起來，深雪雙手穿過她的腋下，抱住她的身體。

「別勉強自己！總之來這裡吧。」

深雪維持這個姿勢，讓水波坐在客廳沙發。

「呼叫醫務室！」

然後她扶著水波，朝著家庭自動化系統呼叫。

『這裡是醫務室。深雪大人，您身體怎麼了嗎？』

常駐在大樓的醫療人員從牆面對講機出聲詢問。

「不是我。櫻井水波的身體出現異常。請立刻來我家。」

『屬下現在過去。』

醫療人員立刻遵從深雪的命令。

◇◇◇

「所以，水波的狀況怎麼樣？」

『是輕度貧血。醫生說可能是夏日倦怠。』

「這樣啊……」

在巳燒島研究室接聽深雪電話的達也，聽完說明之後鬆了口氣。

『醫生說不必住院，現在讓她在床上休息。』

「也對。不只是身體，精神上肯定也累積不少疲勞。水波應該需要多多休息。」

水波回來之後一直辛勤工作，在這之前是兩週的逃亡生活。被光宣帶走的那段過程肯定也造成沉重的壓力。

光從這些狀況來看，水波即使病倒也不奇怪。考慮到她還抱著魔法演算領域過熱的炸彈，或許不惜使用強硬手段也應該更早讓她休息。

『今天我預定不去學校，就這麼留下來看顧水波。』

「我也立刻回去妳那裡。」

『咦？您的工作沒關係嗎？』

「已經導覽一圈了。之後是隨時聚會討論的形式。」

達也沒說謊。USNA派來的技術團隊，他已經在昨天導覽結束。之後讓他們自由觀摩，不懂的地方只要在聚會的時候一起說明就好。

『這樣啊。』

螢幕上的深雪露出安心表情。雖然莉娜陪在身旁，但是達也不在果然令她不安吧。

『哥哥，我等您回來。』

深雪在畫面中恭敬行禮。

經由附身的寄生物，水波的病況也傳達給神戶的光宣。

「……光宣，你還好嗎？」

在太陽西下的時候，光宣整個人憔悴許多，甚至令雷蒙德擔心這麼問。

處於凍結狀態的寄生物，沒有意念溝通的能力。只能經由束縛寄生物的術式，將附身對象水波的想子活性度傳達給光宣。

不知道詳細的症狀。

因此光宣從早上就必須對抗焦躁。

不惜冒著位置曝光的風險，也想知道水波詳細狀況的焦躁。

光宣不打算永遠藏身逃避達也。然而如果平白被殺或是被逮捕封印，他這趟回到日本就沒有意義。既然要被殺，就一定要待在水波身旁。

「……雷蒙德，我決定了。」

光宣抬起頭，向雷蒙德露出笑容。

「趁著今晚移動吧。」

聽到這句話，雷蒙德睜大雙眼。

「那麼……終於嗎？」

「嗯。明天我會向達也下戰書。」

光宣以透露堅定決心的聲音肯定。

◇　◇　◇

達也在上午抵達調布的大樓。飛行車停在樓頂停機坪，深雪迎接他進入家門的時候，水波正在分配給她自住的頂樓套房熟睡。

她在下午五點多起床。

「水波，妳可以起來了嗎？」

首先搭話的是莉娜，擔心水波的她從午餐時間就一直待在達也與深雪家的客廳。莉娜和水波一樣在這棟大樓的頂樓分配到另一間套房自住。

「是的，我沒事。讓您擔心了。」

水波向莉娜深深低頭，接著向達也與深雪做出相同動作。

「水波，別勉強喔。只要身體稍微不舒服就老實說出來。」

「遵命。」

聽到深雪這段話，水波再度低頭。

「總之幸好沒大礙。」

「達也大人，妨礙到您的工作，真的很對不起。」

「不必在意。這工作不會因為一兩天就延宕。」

水波露出充滿罪惡感的表情，達也刻意以過度自信的態度回應。

「唔哇，聽起來不像自大的這種說法，總覺得讓我火大。」

莉娜故意以忿恨不平的語氣打岔。

深雪首先失笑，接著笑聲擴散到莉娜與水波。

達也從巳燒島回到調布，主要是因為擔心水波，卻不只是這個理由。

返家當天沒發生預期的事態。

他的預測是在隔天傍晚成真。

「達也大人，收到一封電子郵件。」

「給我的？」

水波告知信件寄達，反問的達也聲音沒有意外感。語氣反倒令人感覺他在期待某種接觸。

「是的。」

「幫我開啟。」

不是寄給達也私人網址，而是寄給家用網址的郵件。

達也沒在自己房間看信，命令水波在客廳的牆面螢幕開啟。

編碼內文自動解碼顯示在畫面。

簡短的明文與地圖。

聚集在客廳的達也、深雪與水波同時看見內文——三餐都一起吃的莉娜還在自己房間。

「光宣？」

驚叫出聲的是深雪。

寄件人是光宣。

水波睜大雙眼，雙手摀嘴僵在原地。

只有達也面不改色，好像早就知道光宣會聯絡他。

不對，不是「好像」。達也一直在等待光宣聯絡。

「明天晚上十點嗎……」

郵件內容短到只要一瞥就能看完。

內文寫著「八月二十五日晚上十點，在東富士演習場等你。九島光宣」，附件的地圖標示演習場的某個地點。

二十四日星期六夜晚。

光宣與雷蒙德大膽地待在東富士演習場內某飯店的雙人房。不是偷偷潛入。是以光宣的魔法扮成別人，光明正大入住。這裡是國防軍軍官下榻的飯店，備有高水準的偽裝魔法對策，然而光宣從第九研習得現代魔法與古式魔法技能，又從周公瑾那裡繼承東亞大陸流古式魔法，所以飯店依然無法識破他的偽裝。

「光宣，為什麼要冒這種險？」

直到被帶進客房都反而很享受這種刺激感的雷蒙德，在鎖上房門並確定沒有安裝監視器與竊聽器而鬆一口氣之後，像是後知後覺般詢問光宣。

「這座飯店在九校戰時期，提供為選手的住宿設施。」

「是喔……」

雷蒙德知道九校戰是什麼，也知道光宣基於健康原因沒能參加九校戰。

「我一直想住一次。這種機會應該沒有第二次了。」

「……說得也是。那就無妨吧。」

雷蒙德知道光宣明天想做什麼，也知道「沒有第二次」這句話背後隱藏何種決意。

想到這裡，即使光宣稍微亂來，他也不想責備。

「反正沒人起疑，達也也想不到我們居然躲在這種地方。」

雷蒙德刻意以輕浮語氣這麼說，光宣沒回以任何話語，只露出脆弱的笑容回應。

◇◇◇

光宣送來的「戰書」，達也沒當成祕密。

『……那麼，你打算一個人去？』

達也回報自己被光宣約戰，希望四葉家別出手，真夜聽完如此詢問。

「不，我會帶深雪與水波過去。還會帶莉娜保護深雪。」

『只有莉娜小姐護衛沒問題嗎？』

真夜看似質疑，卻也不是那麼擔心的樣子。

「應該沒問題。光宣手中已經沒棋子了。」

雖然沒有客觀的根據，但達也如此斷言。

『這部分應該沒錯吧。』

真夜也沒提出不同意見。

『我知道了。關於九島光宣的處置，就交給你負責。不過這次要確實做個了斷。』

相對的，真夜以強硬語氣叮囑。

「遵命。」

達也沒故做逞強，接下這道命令。

和真夜說完之後，達也立刻打下一通電話。

這次不是視訊電話，是純語音通話。

『喂？』

鈴響三次之後，揚聲器傳出古典的應答聲。

「我是達也。您是師父嗎？」

『嗯。怎麼了？』

打電話的對象是八雲。

「寄生物九島光宣與雷蒙德·克拉克偷渡入境了。」

『是星期一的事吧。』

「您早就知道嗎？」

達也不感驚訝。如同他使用琵庫希捕捉到光宣等人的反應，八雲擁有察覺寄生物入侵的魔法手段也沒什麼好訝異的。他反而認為八雲做不到才奇怪。

『他們現在好像斷絕氣息了。是要我幫你找嗎？』

「難道您已經掌握了嗎？」

『不，目前下落不明。』

「即使現在不知道，只要想找就找得到。師父真是了不起。」

達也不是拍馬屁，而是由衷感嘆。

但他立刻回復為精實的表情。

「不過這次不必請您告知光宣在哪裡。」

達也以此為開場白，向八雲說明光宣寄來的信件內容。

『你要接受他的挑戰？因為對方會主動現身，所以不必找他是吧？』

「是的。」

『水波小姐怎麼辦？你該不會想帶她去吧？』

被看透了。

達也有這種感覺，卻不以為意。以這次的事件來說，不必提防八雲看穿他的想法。

「我要帶她一起去，然後做個了斷。」

『意思是要消滅九島光宣嗎？』

「……師父。光宣的事可以交給我處理嗎？」

達也迴避回答八雲的問題。

『唔～……』

這是純語音通話，所以看不見八雲露出何種表情。不過只聽聲音也知道他臉上肯定是想窺探達也真意的表情。

「我保證會是師父與東道閣下都能接受的結果。」

『所以這次別干涉，你是這個意思吧？』

「是的。」

『好啊。』

一反預料，八雲立刻回答。

反而是達也的反應出現延遲。

「……謝謝師父。」

『不過，要讓他們幾位接受是一大難題喔。不過我認為東道閣下會理解。』

之前光宣與水波企圖從橫須賀出國時，達也在追蹤途中被八雲擋住去路，不得不拿出真本事戰鬥。戰鬥結束之後，八雲說出達也不知道的「國家的幕後黑手」。這裡說的「他們幾位」應該就是這些人。

達也認為這些「幕後黑手」恐怕就是四葉家的贊助者。即使不提八雲所說「在這個國家大概是一人之下萬人之上」的權力，達也也很難忽視這些人的意向。

即使如此，達也依然不想改變自己內心描繪的結局。

「沒問題的。請交給我。」

他在這時候毫不猶豫發下豪語。

◇　◇　◇

「明晚嗎？難免覺得挺突然的。」

斜上方傳來的聲音使得真夜抬起頭。

大概是誤會視線的意思，葉山將真夜前方茶杯的內容物倒掉，注入新的一杯茶。

「你沒反對啊。」

「是指達也大人要獨自和九島光宣交戰的事嗎？」

「但他好像也會帶深雪與莉娜小姐過去。」

「達也大人應該不會容許深雪大人支援。夫人也這麼認為吧？」

對於葉山的反問，真夜很乾脆地回應「是啊」。

「達也不可能敗給九島光宣，但是不會又被他逃走嗎？」

真夜率直回應，順便以提問的形式，向葉山表明內心的擔憂。

「屬下認為達也大人也充分提防這一點。帶著深雪大人同行或許就是對策。」

「……葉山先生。」

真夜停頓好一陣子才繼續開口。

「是，請問有什麼事？」

「萬一被寄生物逃走，元老院對我們的印象會跌到谷底吧。」

「要討回他們的歡心，恐怕得耗費龐大的時間與勞力。」

真夜說的「元老院」不是明治初期，開設帝國議會之前就存在的立法機構。當然也不是其後繼機構，也和憲法外機構「元老」無關。

那是成為四葉家的贊助者，在魔法師犯下或企圖犯下重罪時，命令四葉家將其逮捕處分的非官方祕密組織。這就是「元老院」，東道青波也是其中一員。

四葉家其實沒將師族會議放在眼裡，不在意魔法協會的發言。日本政府別說干預四葉家，反而畏懼四葉家。

四葉家介意的對象，願意受到影響的對象，只有元老院。

「但我們的職責是處理墮落成魔的人類，非人類的魔物不在守備範圍。」

「寄生物是人類變成的魔物，所以列入四葉家的守備範圍。」

「葉山『經理』，請問這是您身為元老院特務的意見嗎？」

真夜以犀利視線看向葉山。

在其他傭人面前，她絕對不會以這種視線看葉山。

葉山是元老院派來監視四葉家的特務，這個祕密在整個四葉家也只有當家知道。

「屬下不敢。這是身為夫人管家的想法。」

只不過葉山自己長年和真夜同甘共苦的結果，如今比起元老院特務的身分，更著重於真夜管家的身分。葉山一如往常以恭敬態度對真夜的這段回答是他的真心話。

「這樣啊……」

真夜視線變得柔和。

「那麼我想徵詢四葉家首席管家的意見。我們明天應該出動嗎？還是按兵不動？」

「這個嘛……屬下認為遠遠包圍現場，別妨礙達也大人就好。」

「派伏兵包圍啊……好吧，就這麼辦。葉山先生，可以麻煩安排嗎？」

「各分家呢？」

「請只找夕歌協助。」

真夜毫不猶豫命令別讓津久葉家以外的分家出手。

「遵命。」

葉山行禮之後走出真夜書房，執行主人的命令。

〔8〕

八月二十五日，星期日夜晚。

光宣叫達也前來的地點，是直到去年都用為九校戰祕碑解碼草原戰臺的場所，即將舉行的交流賽也預定以這裡做為比賽會場。

整地工程已經完畢。由於今年的交流賽將不設觀戰席，所以再來只要設置祕碑就是可以比賽的狀態。

今天是星期日，沒進行會場的營建工作，而且時間將近晚上十點，周邊完全沒有人影。

雖然這麼說，但這裡是國防軍的演習場腹地，設置了防入侵的柵欄以及監視裝置，警衛隊也會定期巡邏，不是能這麼輕易進入的場所才對。

然而達也駕駛的自動車，在演習場閘門沒被要求出示證件，不只幾乎露臉之後就獲准通行，從停車場前往受邀草原的途中也完全沒遇過巡邏的士兵。

「欸，再怎麼說也不太對吧？」

莉娜內心發毛輕聲說。

「哥哥，這是……」

接著深雪以嚴肅表情向達也開口。

「嗯，應該是光宣幹的好事。」

莉娜露出驚愕神情凝視達也的臉。

「意思是他用精神干涉系魔法操縱？範圍這麼廣？」

「光宣體內的周公瑾，擅長使用擾亂方向知覺的東亞大陸流古式魔法『鬼門遁甲』。這個魔法不針對特定對象，而是針對注意力集中過來的不特定對象擾亂方向知覺。他大概是應用這個魔法，讓警備士兵不會遇見我們吧。」

「針對不特定對象……做得到這種事嗎？」

「妳的『扮裝行列』不也是這樣嗎？情報體偽裝的效果達到不限定對象的程度。」

「是沒錯啦……那麼閘門呢？閘門的哨兵認知到我們了啊？」

「那應該是另一種魔法。或許是施加暗示，讓哨兵毫不懷疑就讓我們通行。我費心準備的許可證派不上用場了。」

達也準備了許可證，可以合法進入演習場旁邊的基地，不過以結果來說不需要這張證……反正對於達也來說，這是半天內取得的東西，所以沒什麼好可惜的。

看來莉娜沒要深入發問。四人就這麼保持沉默，走到邀請函（或者說戰書）指定的場所之後停步。

幾乎不必等待。

在達也等人行走方向的正對面，光宣與雷蒙德從黑暗的另一側現身。

大約五公尺。若要對話的話有點遠。光宣在這個距離停下腳步，視線在不到一秒的短暫時間固定在達也左後方三人中的水波身上。但他立刻將視線重新朝向達也。

「達也，即使時間這麼趕，你還是願意過來，我很高興。」

「我沒有不來的選項。因為我也有事找你。」

達也轉頭朝水波一瞥。

視線的動向很好懂，大概是故意的。

「我想你當然知道我要找你做什麼。」

「嗯，我知道。封鎖水波小姐魔法演算領域的寄生物，你要我拿掉是吧？」

「沒錯。光宣，你說過只要水波不以自己的意願接受，就不會讓她成為寄生物對吧？」

聽到達也的批判，光宣詭異微笑。

「防止水波小姐魔法演算領域過熱的寄生物完全處於休眠狀態。只要我沒下令，水波小姐就不會化為寄生物。」

「意思是要我相信你的自制心？」

光宣的笑容更加妖異。和夜晚黑暗相稱的這張笑容，具備令人不禁著迷的美感。

這完全是超越人類範疇的美。

「應該無法相信吧。老實說，我自己也無法百分百相信。」

「光宣，你……」

「達也，獲准和心上人共度人生的你，應該不會懂吧。」

「光宣……你……」

深雪哀傷低語。

「達也，我不認為你至今的人生一帆風順。一年的四分之一在病床度過，另外四分之三也不被容許接觸任何危險的我，應該無法想像你累積多麼淒慘的經驗。要是你沒有這種經驗，我不認為你會像那樣和世界對抗。」

光宣臉上的笑容消失，在他的美貌稍縱即逝的表情，彷彿嚥下某種無法言喻的情感。

「但你不是孤單一人。我不知道你的過去，然而你的現在與未來不是孤單一人。」

「……所以你也不想孤單一人？」

聽到達也這麼問，光宣搖了搖頭。

「我知道的。我不是孤單一人。即使是現在，也有同伴冒著可能沒命的風險陪伴我。只有一人就是了。」

光宣發出自嘲的笑聲。

「變成這樣不是誰的錯，是我自己選擇的結果，我不認為這是錯的。成為寄生物或許不是最好的選擇，卻是正確的選擇。我至今也這麼認為。」

這個「正確的選擇」招致了殺害親爺爺的悲慘結果。達也沒指摘這一點。

「這是愚昧的正確。」

只以冷淡的聲音如此斷言。

「或許就你看來是這樣吧，你是堅強的人，非得依賴愚昧行徑的這種軟弱，你即使可以理解也無法產生共鳴吧。」

這是錯的。達也這麼認為。

——我只是不被允許軟弱。

但他只留在心底沒說出口。這件事大概不該在這裡說。

「而且我是軟弱的人，所以沒自信一直克制自己真正的情感。想和她在一起，想讓她成為同類的這份慾望，我也不知道自己能持續忍受多久。」

「你以為只要示弱就會被原諒？」

達也以嚴厲聲音問。

「我不認為示弱可以成為免罪符。」

光宣無力搖頭。

「我只是在告解一個事實。」

「那就更不用說了。現在立刻去除你命令依附在水波身上的寄生物。」

「去除之後要怎麼做？冬眠寄生物的蓋子拿掉之後，水波小姐會再度暴露在『魔法演算領域過熱』的風險喔。」

光宣以略為刁難的語氣詢問，以無比真摯的眼神看著達也。

「即使無法治療也能阻止惡化。而且在回天乏術之前，治療方法肯定會問世。」

達也斷然回答「肯定會」，堅定承受光宣的視線。

「這樣啊。」

聽到達也超乎預期的強勢回答，光宣以戴著面具般的表情低語。

緊接著，他的臉回復為妖異的笑容。

「有兩個方法可以去除。第一個方法不用說，就是我命令寄生物離開水波體內。寄生物的休眠會在瞬間解除，但因為受到我的掌控，所以水波小姐不會被侵蝕。」

如果光宣有這個打算，應該會在刻意說明之前，就從水波體內去除寄生物。換句話說他不想使用第一個方法。

「至於第二個方法是殺掉我。在這種狀況，寄生物會被解放，但因為處於強制休眠的弱化狀態，所以水波小姐幾乎不會被侵蝕。抱歉這是我憑感覺抓的數字，不過開始侵蝕的機率應該不到百分之十，頂多百分之五吧。」

殺了我就能實現願望。換句話說，光宣要求達也殺他，但是語氣溫和到一點都不像。

「達也，等一下。」

至今默默旁觀達也與光宣對決的莉娜，輕拉達也袖口兩次。達也沒轉頭，只以視線朝向她。

「我沒辦法相信。這該不會是要讓水波變成寄生物的陷阱吧？」

莉娜輕聲問。

「應該不是謊言。即使水波成為寄生物，要是光宣自己死掉，對光宣來說就沒意義。」

達也以光宣也聽得到的音量回答莉娜。

聽到這段話的光宣，表情瞬間扭曲。

但他立刻回復為端正的樣貌。

「就是這麼回事。達也，那就開始吧。」

「——不是你死就是我亡。」

隨即發出爆裂聲。

達也的面前迸發電光。

火花沒成長為雷擊就消失。

是光宣的「電光」與達也的「術式解散」。

「三人都退後！莉娜，深雪與水波拜託妳了。」

「是！」

依照達也的指示，深雪拉著水波退到後方。

「交給我吧！」

莉娜站在深雪與水波前方。

反觀光宣與雷蒙德沒有交談。

光宣施放魔法的同時，雷蒙德向後跳到不會妨礙戰鬥的位置。

光宣全身散發想子光。這是即將使出高功率魔法的徵兆，強大到連擅長操控魔法的光宣都洩出剩餘想子光。

但是沒發生任何事。

仔細看會發現達也周圍微微飄著想子光。空氣中的想子在距離達也身體五十公分的境界面被彈開。

想子會穿透物質。既然被反彈，就表示達也周圍布下了對想子產生作用的魔法力場。

但是其中沒有像是魔法式的情報構造。不需要「精靈之眼」，對於擁有魔法師的知覺能力，能認知情報體存在的人來說，這是明確的事實。

「完全均質的高密度想子層……？」

莉娜不禁說出口的這種想子層，包覆著達也的身體。

「而且連一滴想子都沒外洩。哥哥，這就是想子鎧甲，是接觸型術式解體的完成形吧……」

深雪發出敬畏與陶醉交加的呢喃。不同於沒有構造，單純只以混沌作為裝甲的接觸型術式解體，這不是依賴體質強行使出的招式，是經由高度技術誕生的反魔法防禦手段。

「直接攻擊沒有效果嗎……」

光宣不禁脫口低語。他沒注意到自己的想法化為言語。達也的接觸型術式解體就是對他造成此等震撼。

達也第一次將這個技術用在實戰，是七月中旬和八雲對決的那時候。對於光宣來說是第一次看見的對抗魔法。達也的魔法朝著「分解」與「重組」特化，基於這個特性，他在魔法防禦這方面有弱點，尤其不擅長防禦從極近距離產生作用的魔法。光宣當然早就想過這是戰勝達也的要點才對。

光宣現在使出的魔法是「人體發火」。近似「生體發火」卻是不同的魔法。兩者都是基於「剝奪電子」的意義引發氧化現象，不過「生體發火」是藉由急速氧化破壞組織，相對的，「人

體發火」是剝奪分子結合所需的電子，使得細胞崩解為分子層級的魔法。雖然難度與威力都是「人體發火」勝出，但兩者都是直接以魔法攻擊對方肉體。這正是這場戰鬥的重點。

因為直接對肉體產生作用，所以即使魔法在中途失效也能造成打擊。成為寄生物的光宣，魔法發動速度匹敵達也，「術式解散」的系統原理是先認知對方魔法式再建構魔法，因此達也無法一直完全防禦「人體發火」。只要光宣使用「人體發火」，達也應該會在自己再也無法完全防禦之前試圖分出勝負。光宣的目的就是激發這種焦慮。

但是在達也以接觸型術式解體預先鞏固防禦的現狀，這個計算無法成立。現在的攻防反倒使得光宣產生焦慮。

達也衝向光宣。

光宣以「跳躍」後退，同時使出五花八門的魔法攻擊。

然而不只是直接干涉肉體的魔法，電擊、高溫、寒氣、壓縮空氣等等，藉由改寫物理現象進行攻擊的這些魔法也一樣，只要發動地點距離達也身體五十公分以內，就被高密度想子阻礙而不了了之。

就算這麼說，在距離五十公分以上的地點射出的魔法也全被躲開。五十公分的短短間距，對於達也來說是充分安全的距離。

若是施展即使閃躲也能造成打擊的高威力魔法，會被達也以「術式解散」破解。大概是投射

魔法式之前，達也就從氣息察覺徵兆吧。

他變強了——光宣心想。

在水波入住的醫院直接對決至今，明明只經過兩個多月，達也的戰鬥力卻高了一階，不，高了一個次元。明明當時平分秋色，現在卻明顯技高一籌。

光宣在這段短暫的攻防實際感受到這一點。

這樣下去只會每況愈下。光宣這麼認為。

（這麼一來，我將會無計可施敗北。）

（為什麼會產生此等差距？）

內心湧上疑問。

（……我四處逃竄，達也則是持續和強敵交戰，因而產生差距嗎？）

然後以自問的形式自答。

（這樣下去，達也甚至不認為必須殺我吧。）

光宣咬緊牙關承受不甘心的感覺。

（不能這樣。）

（至少要給他一點顏色瞧瞧。）

達也沒使用魔法，純粹只以身體能力追著光宣。即使如此，達也依然進逼到以魔法後退的光

宣跟前。

光宣雙腿降落在草原，停止連續發動「跳躍」。

然後包括剛才用在「跳躍」的魔法力，將力量集中在另一個魔法。

光宣停下腳步的下一瞬間，達也也停下腳步。

不是為了保持間距。說起來，達也衝向光宣是為了引導這場對決成為近身戰。

（停止連續發動跳躍了嗎？看來他察覺了。）

自從戰鬥一開始，光宣就使用「扮裝行列」與「鬼門遁甲」隱藏自己的實體。這兩個偽裝魔法使得達也無法掌握光宣的正確位置。

達也追的不是光宣本人，是光宣使用魔法逃走時留下的魔法氣息。達也不是循著剩餘想子光追蹤。這種魔法形式的產物是「扮裝行列」的作用對象。他捕捉的是這個世界因為魔法產生的局部扭曲。他感應的不是改寫事象的魔法本身，而是魔法作用之後的結果，以及世界基於法則復原事象的運作過程。

達也的知覺水準還沒高到能感應世界法則，頂多只能感受到模糊的氣息。即使如此，也足以追蹤世界復原的軌跡。

光宣之所以停止「跳躍」，不是因為看出達也在做什麼。達也在這方面有所誤解。但是結果一樣。他捕捉不到光宣的正確位置了。

「扮裝行列」與「鬼門遁甲」。這兩個偽裝魔法對達也依然有效。

如果只有「鬼門遁甲」，達也能以「術式解散」使其失效。

但是光宣的「扮裝行列」甚至將情報次元的魔法式座標偽裝，不容許「術式解散」瞄準。

雖然這麼說，卻也不是完全無計可施。

不同於昔日假扮為安吉．希利鄔斯的莉娜，光宣外型沒變。只要查明他的所在處，也可以掌握要害的位置。不必破解「扮裝行列」與「鬼門遁甲」，只要知道他在哪裡就好。那麼，先前和八雲交戰時的手法可以使用。

從過去追蹤現在。沿著偽裝的情報回溯到過去，從沒偽裝的過去取得真實的現在情報。

不需要以魔法師的身分戰勝光宣。用不著破解「扮裝行列」與「鬼門遁甲」，只要能殺掉光宣就好。

達也的目的是破壞光宣的心臟。只要碰觸到心臟所在的胸口就好。

然而光宣也不是靜待達也攻擊。

事象干涉力迅速集中在光宣虛像的手邊。

一般來說，這是使出強力魔法的前兆。

達也想在魔法施放之前消除魔法式。

但是該處沒有魔法式。

（——領域干涉！）

在設定的空間充填事象干涉力，藉以阻礙他人魔法的對抗魔法「領域干涉」。光宣在自身虛像手上創造出來的是局部的「領域干涉」。

目的是引離達也的「眼」。

（——好！）

光宣感覺到達也的「視線」集中在虛像手邊。

這一瞬間，光宣扔出手上的魔法發動媒介。

空中的黑色木牌——令牌竄出身披雷光的猛獸，這是周公瑾擅長的合成獸攻擊魔法「影獸」套上一層電擊魔法的改良版。或許應該從全身漆黑的影子猛獸「影獸」改稱為身披雷電的猛獸「雷獸」。

光宣和達也相隔的間距只有短短十五公尺。「雷獸」轉眼之間跑完這段距離——但還是碰不到達也。只差一公尺的時候，「雷獸」被「術式解散」消除。

（這也在我的計算之內！）

光宣間不容髮發動預備至今的魔法。

自己體內儲存魔法的容量。這是光宣明顯勝過達也的優勢。在這個時候，魔法的發動地點，也就是光宣的所在位置完全曝光，但是達也沒有餘力即時趁機出手。

雷光從光宣手邊伸向達也。

不是以魔法誘導或聚合，是實際化為物理現象的空中放電。

肉眼所見的光宣左方一公尺處。合成體猛獸出現地點的後方不遠處發動了放電魔法。達也在捕捉到這個徵兆的這一瞬間，應該說在這一瞬間之後，全力蹬地撲向左方。

滾落草地的達也右側打下一道分岔的雷光。

真的是千鈞一髮。

閃躲之所以慢半拍，是因為達也原本想以「術式解散」消除已經發動的雷擊魔法卻認知到不可能，因而花費了這段時間。

如果只是單純產生放電現象，雷電會在空中擴散。一般來說要讓雷擊命中目標，必須以魔法聚合誘導以免擴散。只要將負責聚合與誘導程序的魔法式分解，即使是已經完成放電程序的雷擊魔法也會失效。

然而光宣發射的雷擊不包括聚合與誘導的程序。

雷擊沒以魔法聚合與誘導，就集結成束衝向達也。

既然沒以魔法管理雷擊軌道，使用「術式解散」也無法使其失效。

不對，以「術式解散」分解的魔法式已經不存在。若要讓消除雷電的聚合狀態使其擴散，必須使用的不是「術式解散」而是「雲消霧散」，但是達也沒有餘力切換魔法，結果只能依賴身體能力閃躲。

（合成體的魔法是幌子嗎？）

達也在起身的同時，對光宣使用的伎倆進行推理。

身披電擊的合成獸，並不是用來打倒達也。光宣知道這一招在中途會被破解，只用來為下一個雷擊魔法鋪路。

雷獸夾帶高壓電。猛獸形體是不存在的虛像，披附在表面的電流卻是實際存在的能量。雷獸奔馳之後，經過路徑上的空氣會被離子化。

換句話說，會產生一條電流通道。光宣施放的雷擊，是由這層離子化的空氣引導。

所以雷擊在雷獸被分解的達也一公尺前方急遽擴散。打在達也閃躲位置的小小雷電，是分岔的雷擊之一。

（好險……不過我捕捉到了。）

剛才的雷擊無疑是從光宣自己的手邊射出。

隨著時間經過而累積的情報，達也以「精靈之眼」讀取。他的「眼」從雷擊魔法施放的瞬間就持續鎖定光宣。

達也在時間的累積中，持續追蹤光宣移動的軌跡。

（被躲開了？不對，並不是不管用。）

剛才的雷擊，達也不得不以身體能力閃躲，而且感覺不像是遊刃有餘識破招式，絕大部分是依賴偶然才躲開。

最能確實斷言的，是達也沒使用對抗魔法讓雷擊失效。恐怕是做不到。剛才那一招無疑將達也逼入絕境。

（這個戰術沒錯。要繼續將達也逼入絕境，讓他焦急。）

達也失去餘力之後，應該也不會試著活捉光宣。必須將達也逼入此等絕境，否則光宣不會出現勝機。

光宣從腰包取出追加的令牌。他在橫渡太平洋的船上製作了十幾張令牌。從登陸到抵達這裡已經用掉好幾張，但是除了現在取出的這張，腰包裡還剩下五張。

有這麼多令牌，肯定能剝奪達也的餘力。

光宣如此認為。應該說他如此說服自己。

明明戰況肯定有利，內心深處卻冒出不安。光宣強行壓下這份不安，解放第二隻「雷獸」。

進行解放的程序。

然而——

這個魔法以空包彈做結。

（魔法被破壞了？）

不是光宣失敗。

繼承自周公瑾，崑崙方院所創的這個魔法，確實傳來發動的手感。

而且，在時間與設備都不夠的船上製作的免洗令牌成為空殼。

（術式解散？）

光宣連忙以魔法之「眼」俯視自己的身體。

（扮裝行列明明維持運作，為什麼？）

剛發動完魔法的時候，以「扮裝行列」偽裝的自身位置會被看透。光宣可以理解這一點。以「雷獸」製作電流通道的這種魔法組合基於構造所需，「雷獸」必須從自己的正面施放，雷擊魔法也必須從自己的手邊擊發。

只要看見合成體的出現地點與雷擊的發射點，就可以推測光宣位於該處。

然而現在，正要形成合成體的魔法式被消除了。

不是被想子砲彈命中，也不是暴露在想子的洪流之中。

是輸出到令牌上的魔法式直接被破壞。

光宣知識範圍的魔法技術之中，只有「術式解散」做得到這種事。

而且就光宣所知，能在實戰使用「術式解散」的人只有達也。

（可是術式解散肯定得知道魔法式的正確座標才能擊發。）

（難道他沒破壞扮裝行列就使其失效？）

光宣還不知道自己的「精靈之眼」和達也的「精靈之眼」有何差異。從過去的位置情報查出現在座標的位置情報，是光宣想像不到的事。

停下腳步至今的達也，再度跑向光宣。

光宣懷抱慌張心情，瞄準達也重新使用「鬼門遁甲」。

「鬼門遁甲」原本是被動型魔法。也可以形容為魔法界的惡意軟體。

看、聽、找、查。將意識與知覺朝向某處，就是將該處對象的情報吸收到自己內部。「鬼門遁甲」以魔法系統來說，是將術士反射的光（視覺情報）與術士發出的聲音（聽覺情報），將這兩種情報體加上令人誤認方位的魔法式，若有人看見術士或聽到術士的聲音，就以這個魔法式感染這個人的意識。無論是肉眼所見或鏡頭所見，是直接聽到聲音或是以麥克風收音都一樣，將視覺情報或聽覺情報吸收的人都會被干涉意識。

基於系統上的這種性質，「鬼門遁甲」沒設想過鎖定某人主動施放。光宣之所以能鎖定達也使出「鬼門遁甲」，是因為他的魔法天分在化為寄生物的現在依然卓越。

但是這份天分使得光宣察覺一個震撼的事實。

不只是作用於物理現象的魔法，作用於精神的主動型系統外魔法，也對現在的達也不管用。至今「鬼門遁甲」之所以有效，始終因為這是被動型的魔法。

達也應該不是平常就對系統外魔法免疫。但是現在，包覆達也全身的想子鎧甲不只在物質次元，在情報次元也濃密均勻地擴展開來。

想子是成為情報媒介的非物質粒子，當然不會受到物質次元的限制。位於物質次元，「被想子包覆」的這個情報也能在情報次元重現，對於情報媒介粒子來說堪稱理所當然。

但是重現出來的想子層，連透過情報次元作用於精神的系統外魔法都能隔絕，光宣沒預測到這一點。恐怕對於達也來說，隔絕主動型系統外魔法的這個效果，肯定也是出乎預期的副產物。

經由吸收情報的行為產生作用的一般被動型「鬼門遁甲」，對於現在的達也不管用。不過這也很可能是被達也使用「術式解散」消除效果。

「精靈之眼」可以將視覺或聽覺情報過濾之後再認知。「鬼門遁甲」這個魔法是在持續看或聽的狀態維持作用，所以每次的持續時間極短。只要暫時阻斷視覺與聽覺，要認知「鬼門遁甲」的魔法式不是難事。

光宣理解到「鬼門遁甲」不可靠了。他不確定達也是否知道這個攻略方法，或許還沒察覺。

不過既然明白這一點，光宣就再也不想依賴「鬼門遁甲」。

光宣更新「扮裝行列」，接著發動「疑似瞬間移動」。

將自己的虛像留在原地，身體瞬間移動到達也斜後方五公尺處。

光宣打算在移動完畢之後，零延遲使用釋放系魔法「青天霹靂」，所以是預先準備好建構魔法式才發動「疑似瞬間移動」。

「青天霹靂」是將空氣等離子化，從中抽取電子流射向攻擊對象的魔法。攻擊對象帶負電之後，會暴露在剛才剩下的陽離子洪流，屬於兩階段的攻擊。

魔法發動位置距離地面三百三十三公分高。換算成東亞大陸的長度單位是一丈。

達也身高一八二公分。他身上「接觸型術式解體」達到的高度是加上五十公分的兩百三十二公分高。「青天霹靂」不會被對抗魔法阻礙，成功狙擊達也——本應如此。

然而，光宣完成「疑似瞬間移動」並且轉身時……

達也已經進逼到他面前。

達也立刻感應到「鬼門遁甲」的效果消失。

（他中止鬼門遁甲了？）

消失的不只是效果。「鬼門遁甲」的魔法本身已經解除。

（是陷阱？不對……）

解開其中一種偽裝，是要發動某種攻擊嗎？如果是術式被破解的狀況就算了，但是「鬼門遁甲」依然繼續擾亂達也的知覺。如果只有單一的「鬼門遁甲」，以「術式解散」使其失效的難度不高，卻還是要花費一招的時間，導致攻擊慢了對方一招。搭配「扮裝行列」之後更加棘手。

站在達也的立場，現在這樣可以專心對付「扮裝行列」，所以從易於戰鬥的觀點來看，他很感謝光宣中斷「鬼門遁甲」，但詭異的是他不知道光宣這麼做的意圖。

（……別迷惘。他的目的也可能是讓我迷惘。）

達也如此告誡自己，在踏入思考的迷宮之前迴避。

光宣使用魔法的氣息觸動達也的知覺。不是以「精靈之眼」看見的，是直覺。這是八雲再三指導達也別過度依賴「精靈之眼」的成果。

達也循著氣息轉身，發現五公尺前方有魔法造成的事象改寫。是慣性質量急遽變化的痕跡。物理學者或許會將其形容為重力波，身為魔法師的達也則是解釋為加重系慣性控制魔法的餘波。

（疑似瞬間移動嗎？那麼光宣在那裡。）

如果相信位置情報，那麼光宣從剛才就沒移動。然而光宣偽裝了自己的情報，這是事到如今無須強調的事。

達也以「閃憶演算」減輕自己身體承受的慣性，蹬地衝向他所認定「疑似瞬間移動」終結的場所。上空出現魔法發動的徵兆，但是他所猜測的光宣所在處就在眼前。

達也解除慣性減輕的效果，不依賴肉眼，只依賴剛才記憶裡發現魔法痕跡時的距離感，用力踏出右腳。

以順擊掌打的形式伸直右手。

他的手傳來確實的觸感。

達也突然出現在光宣眼前。

光宣嚇了一跳，卻不覺得詫異。因為他立刻猜到達也使用了控制慣性的自我加速魔法。

但他只是想到，沒能應對。

光宣看見達也的右手伸向他的胸口。

然而光宣沒鍛鍊肉體，不可能躲開或擋下達也這招掌打。即使如此，他內心某處依然保留樂觀態度。

化為寄生物的光宣，擁有強大的自我治癒能力。就算受到肉體上的打擊，也肯定不會因而無法動彈。

對於光宣來說，緊貼狀態反而成為機會。要是他抱持自爆的決心射出正在發動的魔法「青天霹靂」，雖然自己也會受創，不過只是普通人類（意思是沒融合妖魔也沒接受強化措施）的達也肯定會受到更嚴重的傷害。光宣這麼認為。

但是事情沒這麼單純。

達也的突擊如電光般犀利，看在光宣眼中卻不知為何相當緩慢。身體完全沒能反應，魔法的發動也完全追不上，現狀只有他自身的認知追隨著達也這一招。

達也的手即將碰觸光宣的身體。

明明還沒碰到，一股衝擊卻傳遍光宣全身。

不是疼痛。不是物質上的感覺，但真要說的話是波動。如同波紋在皮膚上方穿越的錯覺。

（扮裝行列被破解了？）

加速的思考認知到這種感覺的真面目。

達也手掌命中之前，他身披的濃密想子就先朝著和光宣肉體重疊的想子情報體施加壓力，將光宣身體施加的「扮裝行列」魔法式震飛。

這一招當然沒有就此結束。

達也的手掌打在光宣胸口。

這次的衝擊是疼痛。

接著，喘不過氣的痛苦襲擊光宣。不只是肺部的空氣被擠出來。

心臟瞬間停止，血流停滯。

這不只是細胞無法獲得活動所需氧氣的身體代謝問題。

達也的想子從心臟透過血管在全身循環，在光宣自身的想子情報體引發抗拒反應。

光宣四肢劇烈痙攣。不對，不只四肢。向後仰躺的身軀像是打撈上來的蝦子，重複收縮與伸展的動作在草地彈跳，頭部像是違抗這個動作般前後甩動。

從肉體游離出來的神智，也和身體一樣遭遇混亂而一片空白。

達也雙腳橫跨在光宣的腰際，彎腰看向他。

他的雙眼不是聚焦在光宣臉孔，而是鎖定胸部中央的心臟位置。

剛才掌打命中位置的旁邊。

蹲下來的達也左手按住光宣右胸，右手拉弓般向後收。

但他的右手這次不是掌打，而是以手刀的形狀蓄勢待發。

光宣的痙攣像是力氣用盡般平息。

不過意識這方面還沒回復。

光宣以失焦朦朧的雙眼，仰望正要掏挖他胸口的達也。

達也感覺到右手前方包覆的想子層陷入光宣的想子體。

下一瞬間，「扮裝行列」失去效果，光宣的實體外露。

達也在零點一秒之內認知這一點。

沒經過大腦思考，是直接得知。

達也將原本用在全身裝甲的想子集中在他的右手。

不是因為「扮裝行列」已經失效。這是他使出掌打時就決定的事。

已經做好全身毫無防備的心理準備。達也在解除「鬼門遁甲」時看出光宣在迷惘，決定以這招定勝負。

右手命中光宣的胸口。雖然有點偏左，不過沒有過度偏離他所瞄準的位置。

掌心注入衝擊與想子。

傳來想子逐漸滲透的確實手感。

倒在草原的光宣也產生反應成為佐證。

光宣痙攣翻滾。

達也雙腳橫跨在光宣腰際以免他逃走，彎腰觀察他的狀況。

痙攣停止，光宣的身體無力躺在草地。

看起來像是失去抵抗能力。達也判斷這不是裝出來的。

只不過，不知道這個狀態會持續多久。應該趁現在完成處置。

達也蹲下來，將左手按在光宣右胸。

（取得肉體構造情報——完畢。）

（取得的構造情報設為變數備用。）

然後達也將伸直手指張開虎口的右手向後拉。

不加思索。

將右手插入光宣胸口。

光宣的嘴發出痛苦的慘叫，身體只再大幅痙攣一次。

插入胸口的不只是食指到小指的四根手指，拇指在虎口打開的狀態也不受抵抗鑽入胸口。

不用說，這是使用「分解」的結果。右手包覆「分解」的事象改寫力場，將接觸的物體悉數分解。

手指整根插入之後，達也緊握右手。剛好是捏爛心臟的位置。

光宣睜大雙眼，嘴巴張成哀號的形狀。但是他的嘴沒發出聲音。

達也抽出右手。

該處只留下一個挖空的洞。

達也立刻站起來退後一步。沒看到血花濺到他身上。本應捏爛心臟的右手也沒沾血。

達也以嚴肅表情觀察光宣。

經過一秒。達也的視線沒離開光宣。

經過兩秒。

（出來了。）

達也在內心低語。寄生物主體即將鑽出光宣的身體。

（認知靈子情報體支持構造。）

達也將「眼」朝向還有一半和光宣肉體重疊的寄生物。

為了以靈子情報體支持構造分解魔法「幽體消散」，將至今和光宣同化的寄生物消滅。

（靈子情報體支持構造分析完畢。「幽體消散」——）

然而他發動「幽體消散」的剎那之前。

本應捨棄肉體的寄生物，再度被吸入光宣的身體。

（這是——！）

在達也驚愕視線的前方，光宣胸口開出的洞逐漸癒合。

達也知道化為寄生物的光宣擁有強大的治癒能力，卻沒料到能夠再生整顆心臟。

胸部的傷口癒合，光宣睜開雙眼。

達也不由得退後一步，再退一步。

光宣緩緩起身。

「原來是這麼回事啊。」

站起來的光宣這麼說完，朝達也露出毫無心機的笑容。

挨了達也掌打的光宣失去肉體自由，精神卻正常運作。只有肉體無法接受精神的命令，精神依然掌握肉體的情報。

達也的左手按在光宣右胸。

光宣隨即感覺達也讀取他的肉體情報。

肉體深入到每個細胞的構造情報。自己肉體的所有情報。

他直覺明白這些情報都儲存到達也內部。

（難道這就是達也復原能力的祕密……？）

但是將我現在的肉體復原有什麼意義？

光宣瞬間懷抱這種疑問。

意識被漂白般的劇痛襲擊光宣。

心臟被消除的訊號，和同時產生的痛覺一起從肉體傳送給精神。

但是劇痛立刻消失。

因為過度疼痛，大腦阻絕了痛覺情報。

雖然失去心臟，精神與肉體依然保持連結。

大腦是訊號收發裝置，存在於靈次元的精神與存在於物質次元的肉體藉由大腦連結。

即使失去心臟功能，大腦還是能持續運作三至五秒，所以光宣的精神還能得知肉體狀態。

對於精神來說，只要腦部在運作，肉體就活著。

但是寄生物是和血液有在流動的人類肉體同化，基於初期同化程序的這種性質，寄生物即使在同化之後不再受到「血液」這種物質的束縛，依然會將心臟的失能認知為宿主死亡。

而且寄生物會因為宿主「死亡」，離開宿主肉體。

（原來這就是達也的目的嗎？）

實際上，寄生物正逐漸脫離光宣肉體。

達也準備朝著這具寄生物使用光宣不知道的魔法。

那是埋葬寄生物的魔法。光宣這麼覺得。

雖然不知道是何種機制，不過達也編織的魔法會讓寄生物從「這個世界」消失——光宣有這種直覺。

光宣理解了。

達也想要救他。

恐怕不是為了光宣。是為了深雪與水波而避免「殺死光宣」這個結果。

（可是，這樣不行……）

（這樣救不了她……！）

不能如達也所願。

精神要是沒有肉體，就無法干涉這個世界。失去心臟的光宣正急遽喪失干涉現世的能力。

即使如此，光宣依然用盡剩餘力量，將正要從體內離開的寄生物拉回來，修復自己的肉體。

「原來是這麼回事啊，達也。」

光宣向達也重複同一句話。

「你想讓我回復為人類，藉此拯救我是吧？」

達也沒回應光宣的話語。

只將發動到一半的「幽體消散」中斷，預備用來復原光宣肉體的「重組」魔法式，也和光宣的肉體構造資料一起作廢。

「讓我失去心臟死亡，消滅鑽出肉體的寄生物主體，然後復原我的肉體。你預定以這種方式讓我和寄生物分離，回復為人類對吧？」

「……沒錯。」

這次達也回應了光宣的話語。

既然被看透到這種程度，他也只能承認。

「達也，你看起來冷漠，但果然是好人。」

「…………」

達也的撲克臉引得光宣失笑。從這張笑容看不出敵意。

「但是我不能回復為人類。」

「為什麼？」「為什麼啊？」

這兩聲叫喊同時響起。

聽到光宣這麼說，深雪與水波間不容髮詢問理由。

以發問的形式責備光宣。

要求光宣改變心意。

「我以寄生物的形態被殺，將寄生物吸收到我的靈體，利用依附在人類精神的寄生物能力，主動沉入水波小姐的精神底部，和已經依附的寄生物合體，成為魔法演算領域的安全裝置。」

這次沒有「為什麼」這個問題介入的餘地。

「若要完全治癒水波小姐，這是『現在可以實行』的唯一方法。」

這是光宣的回答。拒絕回復為人類的理由。

水波猛然摀住自己的嘴。

「……為了我……嗎……？」

水波將哀號吞回肚子裡，緩緩放下雙手，慢慢詢問。

光宣哀傷搖頭。

這個否定的動作，並不是直接否定水波的問題。

「……達也，我就老實說了。水波小姐的病狀出現決定性的惡化，是我害的。」

達也不發一語。

就只是注視光宣。

光宣將達也的視線解釋為催促他說下去。

「將水波小姐抓到美軍基地的我們，被想要除掉寄生物的美軍襲擊。當時水波小姐使用高強度的反物資護壁保護我。」

達也臉上就這麼默默露出理解的神色。

「水波小姐的過熱症狀因而出現決定性的惡化。惡化到以我腦中周公瑾的知識也無計可施，連想要拖延時間也很困難的程度。」

「所以你要以自己的生命負起責任？」

達也這句話使得光宣露出沒惡意的苦笑。

「不是責任。」

光宣稍微猶豫之後，露出不好意思的表情說下去。

「我只是希望水波小姐活下去。」

說出他的真心話。

「所以達也，拜託你。請你殺了我。」

「一定要我殺你才行嗎？」

「不能自殺。寄生物的本能會避免自殺，導致我的精神和寄生物的主體之間出現裂痕，之後的吸收會變得困難。」

看來光宣的要求不是在刁難。理解這一點的達也，將戴著銀手鐲的右手伸向光宣。

「請等一下！」

響起制止的聲音。

事發突然，深雪與莉娜伸手想阻止卻來不及，水波跑到達也與光宣之間。

她背對達也，和光宣正面相對。

「光宣大人，我不希望這種結果。」

光宣難過地移開視線。

「我不希望以光宣大人的犧牲活下去。」

「……我知道。」

光宣知道自己現在要做的事情是自己的任性。

明白這是讓水波一輩子背負重擔的行為。

即使如此，他還是滿腦子只想這麼做。

「但我還是……」

「光宣大人。」

水波沒讓光宣說完。

「我決定了。」

「終於下定決心了。」

「…………」

「……什麼決心？」

光宣不是裝傻。他真的不知道水波想說什麼。

「光宣大人，請讓我成為寄生物。」

不只是光宣，達也與深雪也聽到水波這句話。

「水波，妳在說什麼？」

光宣還沒反應，深雪就先帶著哀號聲大喊。

「深雪大人，對不起。」

聽到深雪的聲音，水波轉過來深深低頭。

「不必聽光宣大人說明，我也隱約察覺了。我身為人類的生命已經不長。」

她抬起頭，說出隱藏的心裡話。

「所以妳要拋棄人類身分嗎？」

水波沒說「捨不得自己的命」。

「我知道自己能服侍深雪大人的時間所剩不多。」

這不是藉口。是水波的真心話。

「即使這樣也好。我直到剛才都是這麼想的。只要深雪大人需要我，即使來日不長，我也要服侍到生命終結。因為這是曾經背叛深雪大人的我，唯一做得到的贖罪與報恩。」

「不用思考贖罪這種事！我沒要求什麼報恩！」

「深雪大人、達也大人。我想要能讓我盡心服侍的主人。如果感覺得到主人需要我，對我來說是無上的幸福……這樣很奇怪嗎？」

達也與深雪都沒回答「很奇怪」——實際上怎麼想就暫且不提。

這恐怕是四葉家為了深雪，在水波小時候植入水波內心的價值觀。兩人無法予以否定。

「深雪大人，對不起。」

水波再度開口道歉。

「身為人類來日不長的我，想從今天的現在開始請假。」

「水波……」

「若是深雪大人看著我離世，我於心不忍。若是深雪大人為我流淚，我會很過意不去。」

水波一臉正經，說出難以分辨是認真還是說笑的話語。

或許該說理所當然，沒有任何人笑。

在隱約有點尷尬，失去緊張感的氣氛中，水波再度和光宣面對面。

「光宣大人，請不要抱持為我而死的念頭。如果您這麼捨不得我，請成為我的主人和我一起活下去——光宣大人不惜拋棄生命也要救我，我想回應您的這份心意。」

「水波小姐，意思是……」

光宣正要說出不識趣的話語時，水波微笑阻止他。

「如果這個世界不容許寄生物存在，要不要和我一起入睡？雖然共處的時間只有一瞬間，但我認為這一瞬間的價值等同於一輩子。」

達也、深雪、莉娜與光宣都知道，水波說的「入睡」意味著「永眠」。水波這段話表面上矛盾，但是聆聽她述說的四人不覺得奇怪。

「——我知道了，水波小姐。」

光宣點點頭，向前一步。

走到達也前方，成為將水波保護在背後的姿勢。

「達也，我有個請求。」

「如果要我放走你們，我做不到。」

達也沒受到場中氣氛影響。他也覺得自己冷血，但是達也知道，即使他在此時此地放兩人逃走，等待兩人的也只是被其他獵人追捕的日子。

「我沒奢望這種事。」

光宣語氣冷靜。臉上沒有笑容，相對的也沒有煩悶或絕望，是非常平穩的表情。

「我要和水波小姐一起入睡。不是死亡，是作著好夢入睡。寄生物的我和寄生物的水波小姐要共享同樣的夢，將自己關閉在半夢半醒的牢籠，直到生命走到盡頭。」

「你要我對你和水波使用人工冬眠的魔法？」

「人工冬眠……也對，我們不會主動醒來，這一點和人工冬眠相同。我的要求是這樣的，可以為我們打造沉眠的場所嗎？」

「要我保護沉眠的你們？」

「我覺得這是自私的請求，但是和水波小姐共度的夢中世界，我不想被任何人打擾。」

「哥哥。」

這個聲音來自達也身後。

不知何時，深雪帶著莉娜走到達也這裡。

「您可以實現光宣與水波的心願嗎？」

「——知道了。」

形式上是答應深雪的要求，但是達也其實已經決定接受光宣的提案。

「巳燒島剛好有一個合適的場所。雖然是地下牢，不過要長期沉眠肯定沒問題。」

巳燒島原本是用為魔法師重刑犯的監獄。改為研究島使用的現在，附有全天候監視裝置的地下牢也以隨時能利用的形式保留下來。

「當然，我不在意。」

光宣二話不說同意了。他當然不知道「地下牢」是什麼樣的場所，但他即將把自己囚禁在完全不知道外界狀況的睡眠中。無論是怎樣的場所，只要「睡眠」不會被打擾就好。

「達也，拜託你。請你將我們關進那個地下牢。」

光宣的處置就此定案。

但是寄生物還剩下一具。

「雷蒙德・克拉克，你要怎麼做？」

「我有選擇權嗎？」

回應達也的呼喚，站在不遠處的雷蒙德接近過來。

「你有兩個選項。」

「多達兩個啊？」

雷蒙德像是自嘲般笑，沒做出抵抗的舉動。

「要在這裡被我消滅？還是被引渡給ＵＳＮＡ當局？」

達也完全沒多說廢話。

「麻煩給我第二個選項。」

雷蒙德立刻回答。既然是這種二選一，確實不必思考吧。

「我知道了。那麼，和我一起來。不是走後面，要走前面。光宣與水波也跟我來。深雪與莉娜走在光宣與水波後面。深雪。」

「呃，有。」

達也的聲音意外冰冷，深雪以偏尖的聲音回應。

「要是光宣做出可疑的舉動，妳就毫不猶豫使用悲嘆冥河。」

「知道了。」

〔9〕

關於光宣與水波的處置，達也毫不隱瞞，向真夜與東道請益。

兩人都沒反對。

現在，光宣、水波與達也位於巳燒島地下深處建造的牢獄。

比核災避難所的牆壁更厚更堅固，以水泥、樹脂、鉛與鐵的複合構造材質環繞這座地下牢，只以一條大大描繪螺旋軌道的細長階梯連接地面。這條階梯途中被三道裝甲門擋住，總共要穿越五道門才能來到地面。

戒備異常森嚴的這座牢獄，是光宣與水波的寢室。

今天是八月二十八日。從達也與光宣的決戰之夜經過了三天。為了讓光宣與水波在這個房間沉睡，需要三天的時間準備。

「光宣，開始吧。」

帶兩人來到這裡的達也催促光宣。

「知道了……水波小姐，可以吧？」

光宣即將進行的是化為寄生物的儀式。

這時候的水波還是人類。

「好的，拜託您。」

水波的回答沒有猶豫。這三天也是考驗她決心的時間。

「那麼，躺在那裡。」

身上穿著一襲令人聯想到婚紗的純白睡衣，外披一件罩衫遮蓋身體的水波，依照光宣的意思躺在床上。

「閉上眼睛。」

「好的。」

水波閉上眼皮，意識就這麼沉入深處。

清醒時，水波已經成為寄生物。

她一醒來就知道自己成為寄生物。

（水波小姐，聽得到嗎？）

意識深處傳來光宣的聲音。

她立刻聽出這是光宣的聲音。確實和自己的思考做出區別。

（是的，聽得到。）

水波在內心回應。此時也沒將自己與光宣的意念混淆。

「成功了。水波小姐的自我沒受損。」

光宣這段話不只是說給水波聽，更重要的是說給達也聽。

「順利成功真是太好了。」

達也這句慰勞的話語不含挖苦成分。

「是的。」

達也由衷認為幸好成功，光宣也打從心底鬆了口氣。

「那麼兩位，就此道別了。如果不小心醒來就用無線電叫我。」

「咦，可以嗎……？」

光宣以出乎意料的表情反問。水波也難掩意外感。

達也也知道兩人想說什麼。但他覺得光宣與水波肯定會入睡，認為不必親眼見證。

光宣與水波都知道，「現在的世界」沒有他們容身之處。

因為理解這一點，所以光宣選擇這座地下牢。

水波選擇和光宣相伴。

事到如今，無法想像兩人的決心會有所動搖。

「晚安。祝好夢。」

達也留下這句話，離開兩人的新家。

◇◇◇

回到地面的達也，立刻收到地下牢監視職員的回報。

達也一離開，光宣與水波就進入深沉的睡眠。兩人的生命徵象減弱到近乎假死狀態的層級，就這麼保持穩定。

達也沿著超過兩百階的階梯上樓時，也感應到某個「朝內」的魔法發動。雖然沒刻意讀取魔法細節，不過輕易就能推測這是前天光宣提供詳細資料的人工冬眠魔法。

雷蒙德已經在昨天引渡給前來護送的USNA軍的運輸艦。雷蒙德後來變得如何，達也一概不介入。雷蒙德雖說化為寄生物，卻是美國人。他的處分交由USNA政府或法院決定就好。達也不想在這部分也負起責任。

（這麼一來就「暫且」結束了嗎……）

達也今後有個腹案，但這還是之後的事。至少要花兩年準備吧。總之可以認定告一段落了。

這場「暫時的道別」順利結束。為了將這件事告訴留在東京的深雪，達也走向四葉家相關人員專用住宅大樓八樓的第二個家。

〔自我犧牲篇　完〕

The irregular at magic high school

畢業篇

畢業篇〔1〕

二〇九八年三月八日。

距離畢業典禮剩下一週。最近的國立魔法大學附設第一高中充滿浮躁的氣氛。

現在的三年級，眾人稱讚比別名「三巨頭」的三名實力派兩年前在學時的那一屆還要人才濟濟，甚至更加傑出。

包括入學之初就展現連當時三年級都望塵莫及的卓越魔法實力，在學期間公開自己是「那個」四葉家直系成員的前學生會長——司波深雪。

以及以二科生身分入學，在一年級夏天的九校戰舞台展現遠勝高中生的魔法工學技術，二年級第三學期被查出是四葉家直系成員，三年級第一學期被確認是那位「托拉斯．西爾弗」本人，如今已經確保魔法大學的畢業資格，傳說中的前學生會書記——司波達也。

這兩人綻放的光芒過於強烈，導致旁人相形失色，但除此之外也有優秀的魔法師幼苗，甚至有好幾名年輕魔法師即使只是高中生，卻被特定「業界」評為擁有不輸給第一線魔法師的實力。

舉例來說，身為現代極為罕見的留學生，在學期間沒有明顯實績，但在知道本人實力的人們

之間譽為和司波深雪並駕齊驅的安潔莉娜・庫都・希爾茲。

入學時和司波達也一樣是二科生，卻在九校戰嶄露頭角，升上二年級時成為一科生，進而贏得風紀委員長地位的吉田幹比古。他身為古式術士的同時也熟悉現代魔法，古式魔法師們期待他成為後起之秀，為傳統魔法技術帶來革新。

代替二〇九七年度中止的九校戰而舉辦的祕碑解碼交流賽上，以女性之姿成為一高代表選手參賽，為一高拿下交流賽冠軍的大功臣——千葉艾莉卡。此外雖然不是官方紀錄，但她在交流賽創下打倒最多敵方選手的紀錄。

除此之外還有別名「Range Zero」，身為高中生卻在魔法格鬥武術公開賽打進前四強的十三束鋼。操縱光的魔法技術已經獲得魔法大學教授拍胸脯保證是日本頂尖水準的光井穗香。還有北山雫、五十嵐鷹輔、明智英美、里美昴、森崎駿等等，好幾名學生在各自擅長的領域備受讚賞。

今年這屆三年級學生在學的這三年，被譽為第一高中真正的黃金時期，甚至有心急的校內人士擔心他們畢業的下年度之後水準驟降。教職員與在校生都捨不得三年級學生畢業，在感到一絲寂寞的同時抱持不安，儘可能想獻上祝福。這就是充斥於一高內部，忐忑不安、動搖又浮躁的氣氛真面目。

從車站通往一高校門的通學路。

「啊，是達也同學耶。什麼時候回東京的？」

一道高亢活潑的聲音傳到許久沒來上學的達也耳中。他身旁是深雪，深雪旁邊是莉娜，在這個狀態敢隨口搭話的女學生屈指可數。

「艾莉卡，早上不是用這種話打招呼吧？」

回應的不是達也，是蹙眉的深雪。

「抱歉抱歉。達也同學、深雪、莉娜，你們早安。」

艾莉卡乖乖重新打招呼。在一高女生之間，「不能違抗深雪」是等同於常識的不成文規定。

「早安，艾莉卡。」

達也說完，深雪與莉娜也跟著回應「早安」。

打完一輪招呼之後，首先開口的是達也。

「上次和艾莉卡見面大約是一個月前了。」

「有這麼久嗎？啊啊，對喔。達也同學上次到學校露臉的時候，我去考試所以不在。」

不只是魔法大學，因為許多校友進入警界而知名的普通大學也說「要不要來我們這裡」邀請艾莉卡報考。魔法科高中學生被普通大學延攬，是極為罕見的案例。

「對喔。所以……妳決定了嗎？」

此時莉娜詢問艾莉卡的升學選擇。

「想說還是選魔法大學吧。」

「這是真的嗎？」

深雪之所以這麼問，是因為艾莉卡至今將第一志願改了又改。

「這次是真的。但我現在還是不覺得自己真的要就讀魔法大學了。」

艾莉卡本來不打算升學。

去年五月左右，她說「高中畢業之後想進行武者修行之旅」的這句話絕對不是開玩笑。直到暑假，她都相當正經在考慮旅行的事，也認真調查出國程序以及比較好賺旅費的打工。

但是在祕碑解碼的交流賽上場之後，狀況改變了。

警方與國防軍從以前就透過千葉道場的門徒得知艾莉卡的實力。不過在組織內部爬得愈高，會將自家人內部的傳聞打折扣，戴這種「有色眼鏡」來看待的人也愈多。

但她在交流賽的活躍，使得世人得知她的實力更勝傳聞。尤其是不傷對手就剝奪其戰力的無系統魔法「幻刃」（「幻衝」的斬擊版），以及被視為「術式解體」衍生型的無系統對抗魔法

「術式斬壞」（以想子刀刃砍劈魔法式的招式），被認為最適合用來鎮壓魔法師罪犯，受到警視廳幹部的注目。

魔法大學也有很多畢業生在警界就職。暑假結束沒多久，盛行武道而且優秀警員輩出的普通大學校友，以及任職警官的魔法大學校友都向艾莉卡招手，成為誰也不讓誰的搶人狀態。

處於這種狀態的艾莉卡，看來在即將畢業的時候終於決定要就讀的學校了。

「太好了。那我們四月之後也同校耶。」

「嗯……」

聽到深雪這段話，艾莉卡有點害羞地笑。看來她說「沒想到可以就讀魔法大學」這句話無疑出自她的真心。

「我也是喔。請多指教。」

「莉娜，妳真的不回美國啊。我才要請妳多指教。」

莉娜從以前就講明「會直接就讀日本的魔法大學」。但是艾莉卡知道莉娜曾是USNA的國家公認戰略級魔法師「安吉．希利鄔斯」，所以對這句話半信半疑。

達也的魔工科班級是E班。

深雪與莉娜是A班。

至於艾莉卡是F班。

四人在校舍出入口分成深雪與莉娜、達也與艾莉卡兩組。

E班與F班教室相鄰。達也與艾莉卡並肩上樓前往各自的教室。

「話說回來，剛才那個話題，達也同學你的打算呢？」

「如我之前所說，預定就讀魔法大學的計畫沒變。」

對於艾莉卡的問題，達也以「為什麼現在還問這種問題？」的表情回答。

「我知道你要去魔法大學，但以你的狀況不是只有求學吧？」

「啊啊，原來妳是這個意思。」

不過艾莉卡這麼回應，達也臉上改為理解的表情。

「嗯，我是這個意思。要以恆星爐的研究為優先？還是軍方的工作？」

艾莉卡不知道達也已經從國防軍退役。雖說退役，但達也原本就不是正規軍官，只是一年級秋季發生的橫濱事變印象過於強烈，所以艾莉卡一直認定達也是國防軍的一分子。

「暫時著重於研究吧。必須實現的課題太多了。」

「是喔……那你大學也沒什麼時間能來？」

「很難說。畢竟想學的東西很多，我打算盡量出席。」

「真是認真。不對，應該說貪心？」

「這樣很正常吧？」

艾莉卡有點傻眼，不過身為這個時代的年輕人，達也的態度並不罕見。技術日新月異，為了適應技術的進步，社會制度變化的速度也快。不只是魔法大學，現今的大學生沒有閒工夫玩樂。

——不過想辦法擠出閒工夫勤於「交際」，也是現今大學生的作風。

「嗨，達也。好久不見。」

快到F班教室的時候，正在走廊和其他學生聊天的雷歐向他打招呼。

「早，雷歐。」

達也回應雷歐的問候，走在旁邊的艾莉卡隨即輕聲說「那我走了」輕輕揮手進入教室。和以前見面就吵架的情況相比，兩人關係進步許多。

原本和雷歐聊天的女學生也向達也致意之後離開。她是下樓離開，所以或許是學妹。

「打擾到你們了嗎？」

「說這什麼話。是我先向你打招呼耶。」

達也心想說得也是。對方是女學生這一點令他在意，不過聽說雷歐在學弟妹之間很受歡迎，剛才的聊天肯定不是千載難逢的機會吧。

「我想想，大概兩週沒見面嗎？」

「是剛好十天沒見面。」

達也稍微訂正雷歐的話語。不是基於惡意，是隨口訂正。

「這樣啊。今天怎麼了？又被校長找來嗎？」

雷歐看起來不甚在意，如此詢問。

聽到雷歐這麼問，達也微微板起臉。

「不是校長，是學務長叫我過來，聽說有東西一定要我親筆簽名。」

「有這種東西嗎……？哎，畢竟你的狀況在各方面都很特別。」

——說到特別，雷歐選擇的出路也很特別。他最後沒就讀魔法大學。

他選擇就讀的學校是「克災救難大學」，通稱「救難大」。

在第三次世界大戰之後，日本為了讓國防軍專注於防衛任務，將原本在軍方編制之下專門負責重大災害救助任務的部隊，改由消防與警察單位編組，名為「克災救難隊」。通稱為「日本克災救難隊」或簡稱「救難隊」。

隨著年月的累積，救難隊的負責範圍也擴大到海難救助與山難救助，如今甚至成長到能分擔消防與警察的部分工作。

從「克災救難大學」這個名稱就知道，這個教育機構的目的是培育「克災救難隊」的高階人材，定位近似於防衛大學。

但是和防衛大學的不同之處，在於魔法科高中生鮮少就讀。雖然魔法師在災害時的救助活動也大顯身手，不過克災救難大學教導的是活用機械科技，不依賴魔法的救難技術。即使能使用魔法，在入學測驗也不會占優勢。

雷歐考慮過在將來進入山岳警備隊，社團選擇山岳社也是因為志願走這條路。他原本打算不升學，直接進入警界。

但是隨著魔法大學入學測驗的時間點愈來愈近，他也開始調查魔法大學以外的各種出路，結果決定將克災救難大學列為第一志願。

魔法在入學測驗派不上用場，對於雷歐來說完全不成問題。至今他也不擅長硬化魔法以外的魔法。以體能測定與運動項目實作為主的克災救難大學入學測驗，對於雷歐來說有利得多——

「也就是要辦理一些和我們不一樣的手續嗎？」

學務長找達也過來究竟有什麼事？雷歐深感興趣。

「詳情我不清楚。」

達也以愛理不理的語氣回應。

「還有……上次不是校長找我過來，是教頭。」

然後他補充這句話。

「差不多吧？」

雖然雷歐這麼說，不過擁有最終決定權的校長叫達也過來，其中的意義和教頭的指導大不相同。尤其教頭上次的用意，是被魔法大學委託詢問達也想在大學學習哪些東西。性質上和一般所說的「傳喚」差很多。

達也要對雷歐反駁這件事的時候，兩人經過F班前面。

「那麼，晚點見。」

「嗯。」

沒有重要到必須擱下來解釋。達也和雷歐道別，進入E班教室。

E班學生已經有六成以上來到教室。

「達也同學，早安。」

旁邊座位的美月禮貌打招呼。

「早安，美月。來學校的人滿多的。」

達也回以問候，順便說出從剛才就感受到的疑問。

三年級從不久之前開始自由上學。這時期也已經大致決定出路。在即將畢業的現在，像達也這樣還有文件手續要跑的學生應該不多。也沒有畢業典禮的預演。三年級唯一的事前準備是看影片說明儀式程序。

換句話說，三年級沒有非得要來學校的必要，但是不只E班，別班也有很多人到校。達也對此覺得詫異。

「因為很多事情只能在學校做，而且也會在意社團狀況。」

達也心想原來如此。他遺漏了這個可能性。「一語點醒夢中人」的感覺。

達也住在巳燒島這種治外法權區域所以很容易忘記，一般市區嚴格限制使用魔法。巳燒島實質上由四葉家統治，所以使用魔法也不會被責備，在日常生活使用魔法反而變得理所當然。不過正常來說，未經許可使用魔法會成為警察取締的對象。

魔法大學及其附設高中的校區，是破例准許使用魔法的場所。不過和巳燒島不同，要是超過許可範圍還是會被警察逮捕。

即使如此，在這所學校的校區，使用魔法的自由度依然不是校外能比。對於許多學生來說，想好好使用魔法只能來學校。除了達也他們這種少數例外，能練習魔法的場所只有學校。

只不過以美月的狀況，即將畢業卻來到學校的原因應該是另一個。她是美術社社員，不知道是有作品沒完成，還是正熱中於指導學弟妹。

依照美月本人的說法，她是進入高中才正式開始學習繪畫——雖說正式，卻也僅止於高中社團活動的水準就是了。不過大概是畫出興趣，她的出路也和繪畫有關。

美月沒就讀魔法大學。她就讀第一高中，原本是要學習控制自己眼睛的靈子放射光過敏症。

雖然擁有魔法師的罕見天分，但她自己對於魔法技能沒什麼堅持，想成為魔法師的意願也不高。

如果在高中沒得到滿意的成果，美月考慮過即使有點勉強也要就讀魔法大學，不過她現在超乎自己的預料，幾乎能完全控制自己的「視力」。雖然現在也戴著隔絕靈子光的眼鏡，但是已經達到不戴眼鏡也不影響日常生活的水準。只以靈子放射光過敏症來說，她從去年九月的時間點就失去就讀魔法大學的意義。

說到升學還有一件事，在三年級第二學期的時間點，美月考得上魔法大學的機率很低。雖然筆試的實力超過合格標準，實技卻過不了合格標準。即使如此，只要勉強努力下去或許還是擠得進窄門，但是美月的父母比她自己更反對報考魔法大學。

結果美月選擇的出路是設計類的專科學校，選修專攻電腦繪圖的課程。在這個時代的人們意識之中，大學與專校沒有優劣之分。大學本身逐漸專科化，直接培育特定職業的教育比率提升。某些業界甚至有企業公開表示「不錄取大學畢業生」。

但美月也不想和魔法完全斷絕關係。會在大學課業之外繼續學習魔法。

現代魔法學傾向於比起知覺系統的技術更著重於作用系統的技術。魔法大學的教育也順從這個傾向，以作用系統的技術為中心編組課程。美月擅長的是知覺系統的技術，比起現代魔法的專家，古式魔法師反而累積更多這方面的知識，只是遲遲沒有理論化。

決定就讀魔法大學的幹比古除了大學課業，還想致力於古式魔法的理論化與系統化。美月也會協助。她沒選修水彩畫或油畫而選擇電腦繪圖的其中一個目的，是為了摒除照片的形式改以繪圖的形式，將古式魔法使用的咒字與魔法陣等標誌記錄下來。

美月從專科學校畢業之後，肯定也會和幹比古同心協力走下去……

「那個，達也同學……請問我臉上沾到什麼東西嗎……？」

美月以不安的表情詢問達也。

看來美月察覺達也不禁以會心一笑的心情看著她。

「沒事，明明快畢業了，妳卻為了社團來學校，我只是覺得妳真是照顧學弟妹。」

「沒……沒那種事啦！真……真是的，突然這麼說。」

美月臉紅慌張搖手。

完全不懷疑達也說謊的這種反應，使得達也的視線變得更加溫馨。

雖說理所當然，但學生會與風紀委員會都已經世代交替。

深雪與穗香，還有達也當然都已經不是學生會幹部，幹比古與雫也已經不是風紀委員。

達也等人直到午休都沒為「工作」所苦，齊聚在餐廳享受午餐。

「達也同學，你知道嗎？聽說三高與六高的畢業典禮延期了。」

將這個情報帶到餐桌的是穗香。四月起她將順利就讀魔法大學，雫當然也一起。

「啊，我也有聽說這個消息。」

開口附和的是幹比古。他下個月起也是魔法大學的學生，不過他「開心」地抱怨自己可能要暫時過著白天到大學上課，晚上參加家裡儀式的生活。對於古式魔法師來說，若想被認同可以獨當一面，該儀式似乎是定位為第一階段認證的重要儀式。

「新蘇聯的影響嗎？」

達也以詢問的形式說出自己的推測，回應穗香與幹比古的話語。

「是的。因為日本海沿岸還是戒嚴狀態。」

如穗香所說，北海道、東北的日本海沿岸地區，北陸、山陰的沿海區域各都市，現在正宣布進入緊急狀態。這是因應新蘇聯在海參崴集結大軍的措施。

新蘇聯政府堅稱「目的是演習」，但是日本不可能全盤接受這種說法。如果只是單純的示威行動還算好，卻不能忽視新蘇聯準備正式侵略的可能性。

八月遭受達也反擊的新蘇聯，後來沒採取報復行動，到去年底都很安分，但是大概果然不想就這麼罷休，從今年初就在遠東地區屢次進行看似威嚇的大規模演習，而且終於從五天前開始陸海軍的大動員。

達也也已經掌握新蘇聯軍的動向，恐怕比在場所有人都清楚吧。他已得知新蘇聯的目的不是侵略，只不過是威嚇，這個情報來自ＵＳＮＡ國防部長的隨行祕書官。達也可能比國防軍或防衛省幹部更正確瞭解事態。

所以達也不太擔心現狀。唯一擔憂的是新蘇聯軍的前線士兵失控。這種事隨時都可能發生。如果演變成對日本展開大規模攻擊，達也預定依照他和東道青波的祕密契約毫不客氣介入戰局。

「三高與六高好像要將畢業典禮延期到二十四日。」

幹比古追加詳細情報。

「延後九天嗎……真慎重。」

知道當前沒面臨危機的達也說出率直的感想。

「與其因為戒嚴狀態拖太久而陷入再度延期的窘境，校方似乎想先盡量延後。」

不過這種說法也可以接受。要是預測太天真導致行程一改再改，對於相關人員來說只會造成困擾。

「這樣啊。一条他們也辛苦了。」

說到三高，果然就是熟識的一条將輝與吉祥寺真紅郎兩人。

他們也是魔法大學升學組。將輝在夏季那時候的意願傾向於防衛大學，但最後決定就讀魔法大學。將輝也找達也諮詢過這件事，但是不知道達也的建議是否影響將輝的出路。

看起來感覺完全不必煩惱出路的吉祥寺，其實也歷經一番波折。

吉祥寺身為「始源碼」的發現者，又在前第一研原址設立的「金澤魔法理學研究所」擔任研究員，從以前就有人建議他不要就讀大學，直接留在金澤研究所進行自己的研究比較好，不過這終究只是少數人的意見。

但是這波強行施壓又自私的聲浪，因為戰略級魔法「海爆」的登場而高漲到不容忽視。在這種艱困的國際情勢之下成功開發戰略級魔法的技術人員，真的可以放任他在大學「玩四年」嗎？世間出現許多標榜這種任性正義的人。

說起來，魔法大學不是玩樂的場所，吉祥寺也毫無道理犧牲自己的求學自由。這種不負責任的正義感只要完全無視就好，但是個性正經的吉祥寺聽到「國難」兩個字就陷入苦惱。

吉祥寺擺脫迷惘決定升學的關鍵，在於將輝所說「我還是決定就讀魔法大學」這句話。然後將輝與吉祥寺也很順利，將從四月起，和至今一樣和睦地就讀同一所學校。

既然下個月開始就讀東京的魔法大學，當然得在東京或是鄰近區域找房子住，也需要為新生活進行各種準備。要是畢業典禮延後，能用來做準備的時間就相對減少。兩人是一条家的繼承人及其好友，找新家或許不必費太多工夫，卻無法避免事先到東京習慣新生活環境的時間變短。

深雪大概也想過同樣的事吧。

「一条同學他們，說不定會在畢業典禮之前來到東京。」

她說出這樣的預測。

[2]

二〇九八年三月十五日，星期六。

魔法大學附設第一高中，終於迎接畢業典禮的到來。

不只是一高，除了三高與六高的所有附設高中，都在今天一齊舉行畢業典禮。集結在海參崴的新蘇聯大軍從十日開始逐漸減少，到了十三日確認回復為通常狀態，但是日本海沿岸都市的戒嚴態勢預定在明天十六日解除。金澤市的三高與出雲市的六高不是能舉行畢業典禮的狀態。看來延期是妥當的判斷。

在眾多家長與來賓的見證之下，頒發畢業證書的程序莊嚴進行。這方面從上個世紀以來就沒什麼改變。

二〇九七年度的畢業生共一百七十人。也就是從入學算起共三十人退學。這個數字稱不上比往年多或是少。原本期待新設立的魔法工學科能減少退學人數，不過看來還要好一陣子才會出現效果。

另一方面，畢業生選擇升上魔法大學就讀的有一百二十八人。就讀防衛大學的有十五人。就

讀魔法大學的畢業生比例增加約一成，選擇防衛大學的畢業生比例略減。這可以說是新設立魔法工學科的效果吧。

此外，魔法工學科是在二年級晉級時全新設立的，之後沒有任何人退學。二十五人都迎來畢業的這一天，可說是所有班級之中最優秀的成果。

畢業證書是由最優秀的畢業生——除了學業成績再加上課外活動成果之後認定為最優秀的學生首先領取，接下來和成績無關，從A班開始依序頒發。這是直到去年的流程。

不過今年稍微不同。

最初被叫到名字的是深雪。這是所有人都認可的合理結果。

但是最後一人不是H班的畢業生。

最後被叫到名字的是達也。

達也上臺之後，百山校長在他面前重新唸出畢業證書的內文。

「——於本校指定課程修業期滿准予畢業，以此證明。」

證書所寫的字句沿用範例，無趣又平凡。

只不過，到這裡還沒結束。

「此外你在就學期間對各界貢獻良多，為校爭光，為此向你致上感謝之意。國立魔法大學附設第一高等學校校長，百山東。」

頒發的文件是一張畢業證書。但即使只是口頭上的，校長在畢業典禮向單一畢業生說出感謝的話語是一大創舉。

經過出乎意料般的短暫寂靜，一開始是零碎的掌聲，接著立刻響起如雷的喝采。

以劣等生身分入學的達也，成為跳脫優劣框架的破格學生，迎接畢業的到來。

畢業典禮結束之後在校內舉行的畢業派對，直到去年都是一科生與二科生分別在不同會場舉辦。不過今年的派對是單一會場，不區別一科生、二科生與魔工科生。

由於人數加倍，所以會場不是直到去年使用的小體育館（小體育館有兩座），而是在中庭舉辦露天派對。天候不佳的備案是在主校舍、實技大樓、實驗大樓的樓頂架設巨大遮雨棚。幸好今天的天氣溫和晴朗，免於在遮雨棚底下舉辦掃興的露天派對。

畢業典禮結束之後，畢業生紛紛從講堂移動到派對會場所在的中庭。途中有女學生叫住畢業生依依不捨地流淚，或是畢業生跟著學弟妹一起掉眼淚，這樣的光景在魔法科高中或是其他高中都沒有兩樣。

達也他們也是老班底聚在一起，和其他畢業生以相同的速度走向會場。

「話說你真了不起。居然在畢業典禮被校長道謝，應該前所未見吧？」

雷歐以興奮情緒還沒冷卻的表情感慨地說。

「以校方角度來說應該是苦肉計吧。」

「什麼意思？」

不只是提問的艾莉卡，眾人都對達也的回應露出詫異表情。

「因為我免除出席與考試的特權，是以參加狄俄涅計畫為前提。要讓出席天數與學分都不夠的我畢業，應該需要別的藉口吧。」

「……但我認為不只這個原因。」

「沒錯！因為實際上達也同學的活躍足以受到學校感謝！」

艾莉卡說完，穗香接著試圖解開達也的「誤解」。

像這樣熱鬧閒聊抵達中庭會場的一行人，在入口處暫時道別。艾莉卡與雷歐前往F班的同學那裡，穗香與雫被九校戰新人賽並肩作戰的英美與昴她們叫去，美月去美術社的朋友那裡，幹比古跟著美月。

剩下達也、深雪與莉娜三人時，現任學生會長泉美走到三人面前——正確來說是走到深雪面前。她身邊伴隨一名身穿「紅色制服」的男學生。

「一条同學？」

正如深雪不禁出聲所說，這名男學生是三高的一条將輝。

「……司波同學，好久不見。」

將輝一臉害臊向深雪打招呼──自然而然無視於達也與莉娜。

「是的，好久不見。可是……」

「我知道這樣很冒昧，不過是我邀請的。」

深雪將「為什麼」三個字吞回肚子裡，泉美從旁說明。

「雖說只有短短一個月，但一条學長也是曾在本校『就讀』的畢業生。學長難得來東京，我就請學長過來了。」

三高的畢業典禮延期，所以將輝嚴格來說還不是畢業生。

「這樣啊。泉美學妹，感謝妳這麼機靈。」

但是深雪沒點出這種細節，慰勞泉美的貼心。

「您這麼稱讚，我承擔不起！」

泉美以全身表達感激，深雪掛著笑容向她點頭，然後將視線移回將輝身上。

「一条同學是什麼時候來到東京的？」

「前天。新蘇聯軍回復為平時的配置，所以我決定在畢業典禮之前早一步來到東京。」

此時將輝不知為何露出有點慌張的模樣。

「那個，以東京為根據地的七草家與十文字家，我前天就拜會過了。」

深雪疑惑仰望將輝。為什麼在這個時間點刻意說出這種理所當然的事？她露出不解的表情。

「原來如此。所以泉美才會先知道你來東京啊。」

「沒錯。」

達也出言相助，將輝露出鬆一口氣的表情。

此時將輝的注意力終於朝向深雪以外的人。

尤其在看見莉娜時，他露出疑惑的表情。

「一条同學，她是安潔莉娜．庫都．希爾茲小姐。基於某些原因由敝家收留。」

深雪察覺將輝的視線，為他介紹莉娜。

「我是安潔莉娜．庫都．希爾茲。請叫我莉娜。」

莉娜接過深雪的話語，以親切的笑容打招呼。

「啊，好的。那個，我是一条將輝。莉娜小姐，請多指教。」

將輝有點臉紅心跳地回以自我介紹。他喜歡深雪，但是面對莉娜的美貌，看來還是沒辦法維持平常心。

然而將輝不只是被美貌沖昏頭。他並非不擅長面對女性，只有深雪是例外。

「……恕我請教一下，妳說的『庫都』難道是……？」

莉娜沒對將輝的敏銳感到驚訝。

「是的。正如你的想像，不久之前過世的九島閣下，我爺爺是他的弟弟。」（註：庫都為九島（くどう）的日文音譯。）

再怎麼說，畢竟有達也這個前例。達也在首次見到莉娜時也問她「是否和九島閣下有血緣關係」。「九島將軍」這個名字在日本魔法師之間就是這麼有名吧……莉娜只有這種程度的感想。

「這樣啊……明明和宗師有血緣關係，卻不是寄住在九島家而是四葉家的原因，我還是別問比較好吧？」

聽到將輝的問題，莉娜頭上瞬間冒出問號，因為她不清楚「宗師」是九島烈的尊稱。

「一条同學，莉娜不是由四葉家收留喔。」

趁著莉娜困惑的時候，深雪搶走回答權。

「依照某位大人物的指示，現在是達也大人與我負責照顧莉娜。」

「某位大人物……？沒事，恕我失禮了。」

將輝沒深入追究。並非因為對方是深雪。「某位大人物」這種隱藏身分的說法，使得將輝嗅到祕密的味道而避免提及。身為十師族的繼承人，當然要對風險敏感一點。

同時將輝也莫名覺得自己敗給達也。若論戰鬥力，即使對手是已經成為世界威脅的達也，獲得「海爆」的我也不會相差太遠。將輝曾經這麼認為——不，現在也這麼認為。自從那時候第一次使用新戰略級魔法，將輝再三鑽研，在短期間內將「海爆」提升到足以形容為「進化成功」的等級。

但是現在，深雪透露的達也人脈，令將輝感覺到某種光靠戰力無法對抗，深邃昏黑的權力深淵。同年齡卻應該已經深入社會的達也，令將輝冒出某種感覺。近似孩童對大人懷抱的自卑感。

「──司波。等派對的開幕儀式結束也沒關係，可以撥一點時間給我嗎？」

將輝性急說出這種話的原因，在於涉世未深的他反抗這種敗北感而產生焦慮。

在簡單進行開幕致詞，深雪代表畢業生上台致謝完畢，經過不太長也不太短的自由時間之後，在校生志工安排的餘興節目開始了。會場眾人的視線幾乎都朝向中庭中央所設置像是盆舞高臺的舞台上，現在正是溜出會場的時機。

達也向將輝使眼色，兩人移動到講堂對面小體育館後方的空地。

「所以，有什麼事？」

聽到達也詢問，將輝嘴唇緊閉，雙手在身體兩側握拳，朝著背脊、腹部與眼睛使力。

「司波，我喜歡司波同學──司波深雪小姐。」

將輝的聲音像是隨時會顫抖。

「我知道。所以？」

達也回應的聲音毫無慌張或緊張的感覺。

「…………」

將輝遲遲沒試著說下去。

「所以？」

「…………」

將輝就這麼保持沉默，達也準備轉身背對。

「等一下！」

將輝連忙叫住達也。

已經背對一半的達也露出不耐煩的表情，轉過來和將輝正面相對。

「究竟是什麼事？」

「司波，你……喜歡她嗎？」

「如果你問的是深雪，我當然喜歡。」

達也以傻眼語氣回答將輝的問題。

對於達也來說，這個問題的答案過於明顯，他甚至不覺得需要回答。

「是哪種喜歡？」

不過對於將輝來說，達也的回答似乎不夠明確。

達也皺起眉頭，花了約三秒思考將輝想問什麼。

「——我愛深雪。」

達也正經的回答使得將輝畏怯。

但是將輝沒在這時候退縮。

「確實將她視為女人深愛嗎？」

「……深雪是女人。」

達也瞬間結巴，將輝沒錯過這個機會。

「不准說謊！你不是將她視為女人，只是視為妹妹疼愛吧？」

「——！」

達也瞬間停止呼吸。

達也由衷愛著深雪。這份情感沒有半點虛假。

——但我是將深雪視為女人深愛嗎？

——該不會只是視為妹妹疼愛吧？

這是達也自問至今，沒能得出答案的疑念。

是成為深雪未婚夫的那一天起，一直插在達也內心的刺。

將輝這句話意外成為射中達也阿基里斯腱的箭。

「你沒道理對我說這種話！」

被說到痛處的達也，語氣首度變得粗暴。

「一条，我才要說你只是被深雪的外表吸引吧！」

「唔……喜歡外表哪裡錯了？」

將輝也被達也的指摘重創。

兩人被彼此的話語削除絕大部分的冷靜。

「你說只因為外表就喜歡她，誰會相信這種話？」

「不只是外表！我肯定能深愛她的一切！」

「明明和深雪不熟，憑什麼說愛她？這不就是輕浮的一見鍾情嗎？」

達也的聲音也被將輝影響，愈來愈激動。

「一見鍾情有什麼錯？第一次見到她的時候，我就感覺這是命運使然！」

「命運？這種東西能當成根據嗎？」

「你被選為未婚夫，也只是湊巧和她有血緣關係吧？這不也是運氣嗎？」

「我和深雪之間，累積了十年以上的光陰！」

「所以我說這只是你運氣好！」

「過去的光陰是事實，命運這種東西只是自以為是！我是深雪的未婚夫，這是已經決定的事實！」

「這是大人自私決定的事實，我不承認！」

將輝放聲大喊。

就像是以此為暗號，從中庭傳來的音樂聲停止了，激動的達也與將輝都沒察覺——限制達也情感的「詛咒」，在這個時候沒產生作用。和深雪相關的情感沒列為精神改造的對象。兩個男人爭奪深雪的這個場面，沒有任何詛咒束縛達也的情感。

「我比你更配得上深雪小姐！」

將輝高舉右手打向達也。

缺乏冷靜的大動作拳頭，輕易就能閃躲。

但是達也沒躲。他刻意以臉接下將輝這一拳。

「不准裝熟叫深雪的名字！」

達也揮拳反擊將輝。

動作笨拙、粗魯到以他的格鬥技術來看簡直難以置信，不經修飾的一拳。

不過將輝也以臉接下他這一拳。

「至少讓我叫她的名字吧！」

將輝回以一拳。

「居然說你比我配得上！」

達也回以一拳。

將輝雙腿踉蹌。

「——開什麼玩笑！」

達也沒追擊。他以充滿激動情緒的雙眼瞪向將輝怒罵。

「這不是什麼開玩笑！」

重整態勢的將輝再度打向達也。

——不躲、不防也不破解，任何解釋都沒用，必須以最真的自己戰勝眼前的男人。

——必須讓對方見識到，自己的心意比較強烈！

此時，達也與將輝都這麼想。

強烈認定，抱持確信。

兩人輪流怒罵一句，規矩地只打一下，交互出拳。

兩人都嘴唇破皮，臉頰紅腫。但是都沒有傷得更重，沒造成像是打斷牙齒的重傷。大概是彼此都確實咬緊牙關，也沒使用武術吧。兩人刻意不使用招式，純以蠻力互毆。

「最愛深雪的是我！」

達也的拳頭打中將輝。

「我更能愛她！」

將輝的拳頭打中達也。

「最愛的是我！」

揮拳。

「是我才對！」

揮拳。

「是我！」

毆打。

「是我！」

毆打。

如此單純的互動不斷重複。

達也的拳頭與將輝的拳頭都失去最初的氣勢，雙腳也踩不穩。

如今大概連簡短說話的餘力都沒了，達也與將輝都默默拳來拳往。

即使如此，兩人還是沒停手。

沒停止高舉手臂。

兩人已經只是以骨氣在互毆。

但是氣力也有極限。不，心意之力或許沒極限，但是肉體逐漸跟不上。

若是比體力，比耐力——達也占了上風。

達也的軟弱拳頭命中將輝側臉，將輝緩緩跪倒在地面。

達也踩穩雙腳，真的是以氣力支撐自己差點倒下的身體，氣喘吁吁擠出聲音。

「我不會交出深雪，不會交給任何人！」

他發出粗獷的勝利咆哮。

下一秒——

達也獲得如雷的掌聲。

盡顯驚訝的達也環視周圍。

原本應該正在參加畢業派對的畢業生與在校生，不知何時包圍達也與將輝互毆的空地。

站在最前排的深雪被人從背後一推，踩著不穩的腳步向前。

推深雪一把的，是笑中帶淚的穗香。

深雪臉頰通紅，走到達也面前。

讓她臉紅的不只是羞恥心。

「達也大人……」

達也一時之間無法回話。他現在處於空前慌張的狀態。

「我也是。」

「…………」

「我也不會將達也大人交給任何人。」

響起「哇！」的歡呼聲。

喝采撼動全場。

左右張望之後，達也滲血的嘴唇露出像是認命的笑容。

「深雪。」

他溫柔叫著最愛女人的名字，用力包覆她的手。

「逃吧。」

然後達也公然說出丟臉的話語。

「好的！」

達也拉著深雪奔跑。

深雪在達也背後露出幸福洋溢的笑容跟上。

人牆在兩人前方讓開一條路。

兩人在掌聲的送行之下，穿過人牆之間開出的一條小徑。

人牆裡看得見莉娜。視線一對上，莉娜就咧嘴笑著豎起大拇指。

人牆裡看得見穗香與雫。穗香將臉埋在雫的肩頭，雫溫柔撫摸她的頭。

人牆裡看得見艾莉卡與雷歐。兩人以像是看好戲卻絕對不是冷笑的笑容看過來。

人牆裡看得見美月與幹比古。美月就只是一直拍手，幹比古掛著苦笑陪她拍手。

人牆裡看得見泉美與香澄。泉美心有不甘瞪著達也，香澄在泉美看不見的角度，露出像是開心又放心的笑容揮手。

人牆斷絕了。

兩人的前方是延續到校門的櫻樹林蔭道。

今年開花比較早，櫻花已經開始凋謝。

達也與深雪從飛舞飄散的櫻花花瓣下方飛奔而去。

兩人牢牢牽著手，穿過美麗的櫻花飛雪。

［完］

後記

《魔法科高中的劣等生》就此完結。全系列完結。

第一集初版上市是二〇一一年七月十日……整整九年啊。對於陪同走到這裡的各位讀者，我只有感謝的話語。

我現在處於感動至極的狀態，說不出任何貼心的話語。

就只是充滿感謝所有人的心情。

這九年，正傳三十二集、ＳＳ一集、外傳三集，合計三十六集。熱愛這部作品的所有讀者，請容我由衷致上謝意。

真的非常謝謝各位。

下一部作品也務必請各位多多指教。

（佐島 勤）

附註：

此外，後面的篇幅有一小段補充，請各位不妨看下去。是我在寫這篇後記之前完成的後續劇情。

附註二：

〈自我犧牲篇〉的「自我犧牲」，使用的是「sacrifice」這個英文單字。原本應該要使用「self-sacrifice」，不過基努．李維在二〇〇五年主演的電影《康斯坦汀：驅魔神探》最後一幕，彼得．斯特曼飾演的路西法忿恨低語的「sacrifice」令我印象深刻，所以我借用了這個單字。

〔終章／序章〕

身懷祕密的劣等生哥哥、完美無缺的優等生妹妹。就讀魔法高中的兩人就此畢業。

不是以兄妹身分，是以未婚夫妻的身分。

劣等生不再是劣等生，而是超脫常規的學生。

優等生則直到最後都是優等生。

達也與深雪，還有兩人身邊眾人的後續已經如前面所述，不過在這裡再回顧一遍吧。

達也就讀魔法大學。不過課程只維持最底限的出席次數，時間大多在巳燒島的研究室度過。辦妥選課手續卻經常在後來不再出席的他，取得學分的狀況也不甚理想，以大學成績來說無疑是劣等生。

不同於達也，深雪在大學也依然是優等生。不過和達也分頭行動的次數增加，預先在內心描繪「兩人大學生活」的深雪在這方面愈來愈不滿。

受命護衛深雪的莉娜，在魔法大學總是和深雪在一起，因此深雪與莉娜兩人被暗中稱為「白

百合與金百合」，成為養眼與遐想的對象。

穗香與雫在魔法大學過著平凡無奇的大學生活。不過雫在大學外面擔任父親的代理人，會在北山家贊助的恆星爐計畫相關會議出席，這種時候的穗香會以隨行照顧兼護衛的名義陪同。當然也會去巳燒島。

艾莉卡乖乖就讀魔法大學，並且利用長假走訪日本各地。「若要進行武者修行，先走遍日本再去全世界。」她接受父親的勸說──應該說是吵架到最後說不過父親。即將進入第一個暑假的時候，她揚言「要在大學畢業之前打贏那個臭老爸」。

雷歐和一高的朋友疏遠了。艾莉卡似乎對此感到不滿（但是絕對不說出口）。克災救難大學的課程，幾乎用不到他在魔法大學附設高中學習到的魔法相關知識，必須學會的東西也很多，他想必正在努力成為獨當一面的克災救難隊員吧。

進展最快的應該是美月與幹比古的關係。不知道從什麼時候開始，美月改從幹比古的老家前往專科學校上課。不是同居，她一邊協助幹比古，一邊學習古式魔法，久而久之也開始幫忙吉田家的工作。

美月家與幹比古的老家，以這個時代的感覺來說距離很近，不過年輕女孩與其晚歸不如直接住下來比較安全，美月因而屢次借住吉田家，久而久之就直接住下來了。

美月的雙親表明「只要確實負起責任就好」的立場，聽到這段發言的時候，比起美月或是幹比古，幹比古的父親更加驚慌。

和達也互毆敗北的將輝，後來接受一高校醫安宿怜美的治療，沒特別住院就在四月順利就讀魔法大學。經過這場男人之間的對決，他並沒有斷然放棄追求深雪，趁著達也經常不在，毫不悔改地接近深雪之後被莉娜冷漠趕走，這樣的日子反覆上演。

另一方面，將輝用來通學的租屋處，頻繁有「年紀比他小的美少女」出入。雖說「頻繁」，卻不是每天或一週三天這種真正的高頻率。不過既然對方是國中生又住在金澤，即使兩週來一次也算是「頻繁」吧。

出入將輝住處的兩名美少女，其中一人是家人，升上國三的將輝大妹一条茜。但是另一人不是親屬。即使不提這個人和茜一樣還是國中三年級，從旁人的角度來看也可能是大問題。

和茜一起，應該說在茜的陪同之下，經常千里迢迢來到將輝住處的這名美少女是劉麗蕾。從大亞聯盟逃亡到日本的前國家公認戰略級魔法師。

劉麗蕾現在投靠一条家，和茜就讀同一所國中。

當然附帶國防軍的隔空監視。

造訪將輝住處的時候，當然也受到來自遠處的監視。雖說有對方的妹妹陪同，但是金澤女國中生造訪東京男大學生的住處，這幅光景在道德層面令人擔憂，不過既然在軍方監視之下沒視為問題，也就是所謂的當局公認了。

或許國防軍暗中盤算，如果將輝就這麼和劉麗蕾變得「特別親密」，就可以將這名逃亡的戰略級魔法師納為日本的戰力。

說到戰略魔法師，佐伯少將策劃的「戰略級魔法師管理條約」，到最後作廢沒有簽訂。原本在德國、法國與大亞聯盟持續推動，但是USNA、新蘇聯以及最初允諾協助的英國強烈反對，沒能達成協議。

雖然並不是這件事造成的，不過以德國、法國為中心的歐洲各國更加嚴格管束魔法師。

被派遣到北海道的佐伯經過一年回到首都圈，不過在這個時候，她在中央的影響力已經被清除乾淨。

獨立魔裝大隊擴張改組為獨立魔裝聯隊，曾是佐伯心腹的風間中校晉升為上校，被任命為聯隊長。陸軍總司令官蘇我上將要求風間和佐伯斷絕往來作為代價，風間接受了這個條件。

大隊時代的風間部下之中，真田、柳與山中就這麼留在獨立魔裝聯隊，不過曾任副官的藤林從國防軍退役了。

脫下軍服的藤林接受真夜的延攬，投靠四葉家。她致力於當家真夜親自賦予的「情報網路研究」這個課題，同時基於過去的交流也經常和達也搭檔出任務，被視為達也團隊的成員。

就像這樣，表面上和平的日子持續了兩年。

兩年後，二十一世紀的最後一年——

西元二一〇〇年。

深雪與莉娜在春假開始的同時來到巳燒島。

達也幾乎沒參加期末考，早早就來島上閉關。校方之所以容許他這麼做，是因為他在大學學分之外留下龐大的實績。

前年，擁有魔法式儲存效果的人造聖遺物，達也確立了量產技術。

去年是提倡並證明了「事象干涉力靈子波理論」。

接連累積的豐功偉業，使得大學當局人士也無從批判。

這次，深雪與莉娜不是來到伊豆群島的這座島上玩樂。她們與達也共三人，一直在為某個大規模魔法做準備。

然後在今天，四月一日早上五點，他們的大魔法迎來最後的完成階段。

達也、深雪與莉娜依序沿著階梯走向地下深處。盡頭是囚禁魔法師重刑犯的監獄。是為了將擁有極高階精神干涉系魔法的重刑犯監禁而打造的特殊監獄。

「光宣與水波沉睡在這裡啊……」

莉娜在門前自言自語。如她所說，這間監獄從三年前的夏天起成為光宣與水波安眠的寢室。

左手提著小旅行包的達也，以右手開門入內。

深雪與莉娜掛著正經表情跟上。

三人的視線前方，是在高雅雙人床依偎熟睡的光宣與水波。

光宣與水波以側身相擁的姿勢躺在床上。水波背對達也他們，光宣的臉朝向這裡。

光宣他們的模樣和三年前完全沒變。至今肯定沒吃沒喝卻不顯消瘦，看起來也沒因為久睡而變得衰弱。

彷彿時間停止。

「達也大人。」

深雪以這兩年終於固定下來的稱呼方式向達也開口。

「他們兩人還活著吧？」

「肯定活著。光宣入睡之前給我看過魔法式，經過解析，這個魔法與其說是冬眠，更像是將精神時間減速到近乎停止。精神活動減速，肉體時間也跟著減速。原理可以說和妳的悲嘆冥河相同吧。」

「精神活動減速？那麼，他們兩人沒進行任何思考嗎？」

「光宣說這是作夢，但其實應該是在追求毫無痛苦的純粹安眠吧。不過寄生物或許在這個狀態也能作夢。」

「這樣啊……」

深雪心痛低語。莉娜也露出類似的表情。

「必須叫醒他們才行。」

「是啊。已經不必繼續熟睡了——深雪。」

達也說完，深雪堅定點頭。這三年，正確來說是這兩年半，達也在百忙之中勉強空出時間，查明光宣這個「冬眠魔法」的原理與系統。

研究成果已經寫入深雪的ＣＡＤ。

「光宣、水波，起床吧。『你們的早晨來臨了』。」

深雪從手上的ＣＡＤ輸出啟動式。

魔法式瞬間建構完畢。應該是多虧她從昨天就反覆努力練習吧。

然後，深雪的精神覺醒魔法發動了。

這個魔法可以消除光宣的精神減速魔法效果。是達也研究光宣魔法得出的「解決之道」。

「唔……」

首先出現清醒徵兆的是水波。

「……深雪？」

不過光宣先睜開雙眼。

「嗯，光宣，『天亮了』。」

「什麼意思……？」

光宣露出無法理解狀況的表情撐起身體。

大概是被光宣的動作刺激，水波慢慢動起來了。

「……深雪大人？」

水波坐起上半身轉過來，以惺忪的聲音輕呼深雪的名字。

「——深雪大人！」

緊接著，水波因為驚愕而完全清醒。

「早……早安……達也大人也在？為什麼來到這裡？」

水波急忙想起身，卻在過程之中站不穩。已經站好的光宣從旁邊扶持。他的身體看起來沒因為長期睡眠受到影響。

「詳細等你們換好衣服再說吧。」

兩人現在的穿著，水波是以純白蟬翼紗層層重疊，在塑造透明感的同時遮蓋肌膚，令人聯想到婚紗的優雅睡衣。光宣同樣全身雪白，是以亮面布料縫製的開襟睡衣。

兩套衣服都沒明顯露出肌膚，但終究是睡衣。面對身穿適合外出活動服裝的達也等人難免感到不自在。

達也遞出手提的包包。裡面裝有兩人的替換衣物。

「我們先到房外。換好衣服再叫我們。不必在意時間，也可以先沖個澡。」

「沒這個必要……不，我知道了。」

光宣想立刻問個明白，但他感覺到水波想換衣服，決定聽從指示。

換裝時間不到五分鐘。兩人都沒有使用過淋浴間的痕跡。

不過水波將頭髮梳理整齊，也禮貌性地上了淡妝。

男女同房換裝，水波似乎不在意。

光宣臉上留下泛紅的痕跡，看來應該是他比較害羞。

「達也，請告訴我。你是怎麼叫醒我們的？」

「先問這個？不用擔心，我叫醒你們的方式不會產生副作用。」

光宣擔心的是精神冬眠魔法被強行破解，導致水波精神受創的可能性。

「——知道了。我相信你。」

只不過，既然光宣沒感覺任何問題，水波按照邏輯也不會出事。光宣將技術上的疑問留在心底，相信達也「沒有副作用」的說法。

「那麼，為什麼叫醒我們？」

「因為讓你們沉睡以外的新選項準備完成了。要選擇這條路還是再度沉睡，我想確認你們的選擇。」

「新選項嗎……？」

光宣以相當不敢置信的表情，復誦達也的話語。

「如果你們想知道，就跟我來吧。」

達也示意深雪與莉娜先離開房間——離開特殊監獄。

背對光宣他們的達也按住打開的門，轉過頭來。

光宣略顯猶豫踏出腳步，水波緊跟在後。

達也帶著光宣與水波前往的地方，不是四葉家設施聚集的西岸地區，也不是廠房設備林立的東岸地區。

是還沒蓋建築物，只整地為一片平坦的南岸地區。

全長約一七〇公尺，最大寬度約二十公尺的大型潛艦「上岸」停放在該處。

「這究竟是……？」

「三年前攻擊這座島卻被我擊沉的新蘇聯潛艦『庫圖佐夫號』，我改造成太空船了。名稱是『高千穗』。雖說是太空船，不過具備的推力僅限於能在地球的衛星軌道稍微移動。」

「……這麼大的物體，到底要用在哪裡？」

「要當成衛星軌道站使用。不對，與其說是太空站，形容為太空住宅比較貼切。」

「要把這個……發射上太空嗎？究竟要怎麼做……？」

「我們是魔法師。那麼肯定是使用那個方法。」

光宣以錯愕語氣問完，達也一臉理所當然般回答。

「對這麼大的物體使用魔法？」

「當然不是要直接發射升空。」

達也沒特別裝出得意洋洋的樣子，就只是一如往常伸出右手，朝向上岸的巨大前潛艦。

從潛艦「庫圖佐夫號」改造的太空船「高千穗」，靜靜地被逐步分解。

各零件不是亂七八糟落地，而是井然有序排列在地面，如同接下來要開始組裝的元件。

經過一分多鐘的時間，「高千穗」變成最大十公尺見方的各種零件。

「將這些零件移動到六千四百公里的高空，在該處重新組裝。就像這樣。」

達也這次以左手朝向地面排列的零件。

大型太空船隨即逐漸組裝完成，如同以3D錄放影機逆向播放剛才的光景。

組裝所需的時間，大約是分解時的一半。

即使是光宣，看到這一幕也終究語塞。和水波一起露出目瞪口呆的表情，仰望這艘保留潛艦外觀的太空船。

「光宣、水波。」

「啊，有。請問有什麼事？」

連忙回應的是還沒忘記侍女時代習慣的水波。

「很遺憾的，地面沒有能讓你們和平生活的場所。」

「……是。」

水波收起表情點頭。

光宣面有難色沉思，似乎已經猜出達也想說什麼。

「就這麼繼續沉睡，確實也是一種選擇吧。等到時代改變，或許會出現寄生物能正常生活的國家。」

「然而不是現在。我們會成為被時代遺棄的流民。」

光宣搶先說出達也後續的話語。

「沒錯。」

「既然這樣，要不要住在太空看看……你想對我們這麼說吧？」

「不太對。即使前往太空，也不是無法回到地面。如果我的計算正確，肯定可以相當自由地來回——具體來說一天可以來回五次。我想想，雖然這樣形容不好聽，不過要不要把這個『藏身處』帶到太空，當成可以安心的居所？這就是我的提案。」

「並不是永遠幽禁在太空嗎？」

「我沒要將你們驅逐到太空。」

達也確實承受光宣的視線，以堅定語氣斷言。

只不過，達也這句話多多少少暗藏了別的意思。不是有所隱瞞，是因為他知道USNA政府對寄生物進行何種處置。

以雷蒙德為首的倖存寄生物，美國政府讓他們接連搭乘火星探測船運往太空。雖然備有維持生命與通訊的手段，卻沒準備回來的手段，明顯是逐出地球。

即使如此，聽說雷蒙德還是樂於搭上太空船了。他原本就夢想以魔法開發太空，這個夢想經由出乎意料的原委實現了。現在的他就某方面來說或許很幸福。

但是達也沒要讓光宣落入這種境遇，對於水波更不用說。

「高千穗的動力來自恆星爐。以光宣的魔法力，應該能順利讓恆星爐運作。此外也具備太陽

能發電系統輔助能源供給。船內有利用人造聖遺物的人工重力系統，設計成和地面保持同等的重力，肯定可以舒適生活一百年。」

「可以從地面接受補給嗎？」

「我為此開發了虛擬衛星電梯的魔法。這座電梯不只供給物資，也可以用來和地面往來。」

「居然還開發這種魔法……難道是為了我們？」

達也沒有從光宣的雙眼移開視線，默默點頭。

「達也……」

光宣轉過頭，以衣袖擦拭眼角。不經意看向旁邊，水波正默默流淚。

「……光宣、水波，請務必進去看看。內部裝潢是我設計的，希望你們喜歡。」

大概是被帶動情緒，深雪眼睛也紅紅的，但她開朗笑著邀光宣等人進入太空船「高千穗」。

光宣與水波走出「高千穗」，並肩在達也面前筆直仰望他的臉。

「達也，我們要去太空。不對，請帶我們去太空。」

「送你們前往太空不是靠我的能力。我只是在太空組裝太空船。帶你們去太空的是深雪與莉娜。」

「知道了。達也、深雪、莉娜小姐，拜託你們了。」

光宣與水波一起低頭致意。

再度分解的太空船零件排列在地上。

其中一個是可以再度穿過大氣層的氣密室，光宣與水波進入內部。

「那麼，開始倒數。」

達也宣告的同時，隔著零件群距離約兩百公尺和這裡相對的深雪與莉娜，全身洋溢想子光。

如同被想子光照出形體，經過整地的平坦地面浮現巨大的幾何圖樣。以圓形內切正八角形為基本的這個圖形，將太空船的所有零件納入範圍。

這是巨大的魔法陣。

不是古式魔法傳承的魔法陣，是達也從頭設計的刻印魔法陣。

「八，七，六，五，四……」

隨著倒數進行，魔法陣逐漸充滿事象干涉力。

進入氣密室的光宣也理解到這個魔法陣的功能。

這是用來發動超大型超長距離「疑似瞬間移動」的魔法陣。

「疑似瞬間移動」還加入一道賦予速度的程序，讓太空船移動完畢之後繞行衛星軌道。

「三，二，一……」

達也繼續倒數。

「零。」

進行最後倒數的瞬間，光宣與水波被未曾想像的大規模魔法包覆。

太空船「高千穗」的零件接連從地面消失。

光宣與水波搭乘的氣密室在最後消失，達也隨即朝天空伸直左手。

他的「眼」持續追蹤光宣、水波以及「高千穗」的所有零件。

魔法從達也射向天空的盡頭。

「重組」發動。

他的固有魔法，在高度六千四百公里的另一頭，將全長一七〇公尺的太空船復原。

——一分鐘後，達也的通訊機收到來電。

『達也，我是光宣。』

是按照預定，盼望期待的聲音。

『深雪大人，我是水波。』

深雪的終端裝置收到來自水波的通訊。

『完全沒有異常。太陽能板也正常展開完畢。』

『恆星爐順利啟動了。人工重力也毫無問題產生中。』

地面的三人都一起聽到兩人的聲音。

達也、深雪與莉娜打從心底鬆了口氣。

魔法師活躍於世界與太空的新「時代」，就此開始。

〔《Magian Company》待續〕

魔法科高中的劣等生
恭賀最後一集出版上市！
劇中角色每年晉級，想說他們當然遲早會畢業，
但我聽到最後一集還是嚇了一跳。
期待達也等人將繼續在別的舞台大顯身手！
佐島老師、石田老師，兩位辛苦了！
きたうみーな

魔法科高中的劣等生
恭喜完結！！
每一集我都滿懷期待看得很愉快。
以漫畫改編的形式參與本作品，
我覺得好幸福。
佐島勤老師、石田可奈老師，
兩位辛苦了！
柚木N'

魔法科高中的劣等生
恭喜完結!!
謝謝老師寫出如此出色的作品!
天羽銀

魔法科高中的劣等生
恭喜完結！

謝謝讓我有這個榮幸負責繪製
《魔法科高中的劣等生 來訪者篇》的漫畫版。
魔法科的連載對我來說是非常深刻的回憶，
我內心只有滿滿的感謝。

佐島老師，長期以來辛苦您了。
而且真的非常謝謝您。

マジコ！

佐島勤老師
魔法科高中的劣等生
執筆至今辛苦了…!!!
新書出版的速度
一直令我深受感動。
每集白熱化的戰鬥場面
我都看了
好多次。
有幸參與本作品
真的是感激不盡。
謝謝老師寫出
如此出色
的作品
…!!!
蒼紳

佐島老師
《魔法科高中的劣等生》
最後一集恭喜出版！
謝謝您寫出如此
美妙的故事…！
竹田
羽角

《魔法科高中的劣等生》
恭賀完結!!
Pinakes
ピナケス

《魔法科高中的劣等生》恭賀完結！
森夕 繪

《魔法科高中的劣等生 第32集》
恭喜出版＆完結！
達也與深雪在新的系列
將如何大顯身手，
又會有什麼樣的新角色
登場和兩人互動，
我從現在就非常期待！
tamago

科高中的劣等生
完結!!!
以來的執筆，辛苦您了。
者享受這部作品的我，
《暗殺計畫》的漫畫版
與本作品，
非常光榮！
科》是即使完結也永生難忘，
色的故事。
您寫出頂尖的作品！
一乃ゆゆ

國家圖書館出版品預行編目資料

魔法科高中的劣等生. 32, 自我犧牲篇/畢業篇/佐島勤作；哈泥蛙譯. -- 初版. -- 臺北市：臺灣角川股份有限公司, 2021.10

面； 公分. -- (Kadokawa fantastic novels)

譯自：魔法科高校の劣等生. 32, サクリファイス編／卒業編

ISBN 978-986-524-883-3(平裝)

861.57 110013832

Kadokawa
Fantastic
Novels

魔法科高中的劣等生 32（完）

自我犧牲篇／畢業篇

（原著名：魔法科高校の劣等生32 サクリファイス編／卒業編）

2021年10月6日　初版第1刷發行
2024年7月3日　初版第3刷發行

作　者：佐島 勤
插　畫：石田可奈
日版設計：BEE-PEE
譯　者：哈泥蛙

發 行 人：台灣角川股份有限公司
總　監：呂慧君
總 編 輯：蔡佩芬
主　編：林秀儒
編　輯：黎夢萍
設計指導：陳晞叡
美術設計：黃永漢
印　務：李明修（主任）、張加恩（主任）、張凱棋、潘尚琪

發 行 所：台灣角川股份有限公司
地　址：104台北市中山區松江路223號3樓
電　話：（02）2515-3000
傳　真：（02）2515-0033
網　址：www.kadokawa.com.tw
劃撥帳戶：台灣角川股份有限公司
劃撥帳號：19487412
法律顧問：有澤法律事務所
製　版：巨茂科技印刷有限公司
ＩＳＢＮ：978-986-524-883-3